Jessica Jupiter est amoureuse

Jessica Jupiter est amoureuse

Melody James

Traduit de l'anglais par Eric Marson

La Martinière j. FICTION

Déjà parus :

Tome 1

2013

Tome 2

2013

Tome 3

2014

Illustration de couverture : Sophie Bouxom

Édition originale publiée en 2013 sous le titre
Signs of Love – Destiny Date par Simon & Schuster UK Ltd,
1st Floor, 222 Gray's Inn Road, London, WC1X 8HB

ISBN : 978-2-7324-6534-0
www.lamartinieregroupe.com
www.lamartinierejeunesse.fr

Conforme à la loi n° 49-956 du 16 juillet 1949 sur
les publications destinées à la jeunesse.

1

Le centre commercial est bondé. TK Maxx comme Monsoon regorgent de clients frénétiques. Tess, Savannah et moi déambulons chez Mizz-tique. Dans la boutique, les basses exagérées de la musique font vibrer la semelle de mes chaussures.

Tess m'attrape par le bras.

– Gemma ! hurle-t-elle pour couvrir le bruit assourdissant du magasin. Et ça ? Tu aimes bien ?

Elle brandit une robe de taffetas bleue dans les plis de laquelle on pourrait dissimuler une douzaine de chatons.

– C'est le bal du collège..., pas un carnaval ! je crie à mon tour.

Plus que deux semaines avant la fin des cours et les exams. Nous n'avons qu'un objectif en tête : la fête de fin d'année.

– Mais tu crois que ça plaira à Jeff ? poursuit Tess.

J'étudie le drapé compliqué de la robe.

– Peut-être, s'il arrive à te trouver au milieu de tout ce tissu !

– Regarde, Gem ! s'exclame Savannah en zigzaguant entre les rangées de vêtements.

Elle tient une robe rose pailletée, de celles que les actrices portent pour la cérémonie des Oscars.

– Waouh ! J'espère que Marcus aura ses lunettes de soleil, il en aura besoin pour te regarder ! je lui réponds.

– Comment ça ? demande-t-elle, perplexe.

Je réalise soudain que mes commentaires sont plutôt du genre critique. Après tout, qu'y a-t-il de mal à éblouir son amoureux ? Et pourquoi Jeff n'aimerait-il pas se noyer dans le taffetas de la robe de Tess ?

Sur le coup, je me demande si je ne suis pas un peu jalouse. Après tout, c'est vrai ! Mes copines seront accompagnées au bal de promo et moi j'irai seule !

Tess se poste devant moi et s'empare de la robe de Savannah pour la placer sous la lumière. Elle brille de mille feux.

– Magnifique ! s'exclame-t-elle.

Mais Savannah est hésitante.

– C'est peut-être un peu *trop* rose, non ? ajoute-t-elle.

– Pas du tout ! Elle est juste parfaite, je lui assure.

Je me demande à quoi je ressemblerais si je portais une robe comme celle-là. Je laisse filer mon imagination et me vois au bal de promo, vêtue de cette parure hollywoodienne.

Je marche au bras de Sam. Il me regarde et sourit.

– Tu es splendide, Gemma ! glisse-t-il à mon oreille.

Et puis mon rêve s'évanouit tout à coup. C'est sûr, il ne me demandera pas de l'accompagner. Sam est un très beau garçon. Il est en troisième et travaille avec moi au webzine de l'école. Les autres troisièmes du webzine ne me prêtent aucune attention, c'est tout juste s'ils savent que j'existe. Sam est l'un des seuls à toujours avoir été gentils avec moi. Au dernier trimestre, nous avons fait un voyage à Paris avec l'école et, à sa manière de me regarder, j'étais certaine qu'il me demanderait de sortir avec lui.

Mais je me suis trompée. C'est Cindy, notre rédactrice en chef, qui l'intéresse. Et Cindy nous avait d'ailleurs bien fait comprendre que Sam, c'était chasse gardée. Pendant notre dernière nuit à Paris, elle m'avait montré le magnifique bracelet qu'il lui avait offert.

J'en avais alors déduit qu'ils étaient ensemble. Pourquoi sinon lui aurait-il fait cadeau d'un tel bijou ?

Depuis cet épisode, je ne me fais plus d'illusions. Je sais bien que je n'ai aucun moyen de lutter contre Cindy, la blonde parfaite aux cheveux lisses et au teint soigné. Avec mes cheveux rebelles et mes taches de rousseur, je ne fais pas le poids. Cindy, c'est la reine d'une cour dont je ne suis que la bouffonne.

Tess me tapote l'épaule.

– Regarde, Gem !

Du doigt, elle désigne Sally et Ryan qui sont postés à l'entrée du magasin. Ryan râle si fort que nous l'entendons depuis l'endroit où nous nous trouvons, malgré la musique toujours aussi forte.

– Tu m'avais dit qu'on irait voir les jeux vidéo ! ronchonne-t-il.

– J’ai besoin de ton avis ! lui répond-elle en le poussant devant une rangée de robes en soie.

– Mon avis sur des *fringues* ? rétorque Ryan en dévisageant Sally comme si elle avait perdu la raison. Qu’est-ce que tu crois ? Que je suis ton petit copain ?

– Tu me dois bien ça ! s’énerve-t-elle. Qui s’est occupé de toi quand tu étais à l’article de la mort dans le tunnel sous la Manche ?

Ryan, obligé de capituler.

– O.K. ! Ça va !

Ryan est claustrophobe. Pour nous rendre à Paris, nous avons été obligés d’emprunter le tunnel et Ryan a très mal vécu l’expérience. Sally avait réussi à détourner son attention en lui racontant les derniers potins et Dieu sait qu’elle en connaît un rayon, en ragots. Et ça a marché. Pendant la traversée, elle ne lui avait pas laissé le temps de penser à ce qui se passerait en cas d’explosion du train, piégé à plusieurs dizaines de mètres sous le niveau de la mer.

Sally remarque alors notre présence.

– Vous cherchez aussi une tenue pour le bal ? nous demande-t-elle.

Savannah montre sa robe à paillettes tandis que Tess fait danser devant elle la montagne de taffetas azur. Sally pointe du doigt le choix de Tess.

– Ça, c'est risqué ! commente-t-elle avant de désigner la robe étincelante de Savannah. Et ça… encore plus ! poursuit-elle.

Savannah sourit.

– Alors c'est parfait !

– Et toi, Gemma, que comptes-tu porter ?

La question de Sally me prend par surprise.

– Je n'ai pas de cavalier ! je balbutie.

– Moi non plus, me répond-elle. Du moins, pas encore !

Je crois bien qu'elle vient de regarder Ryan, en disant ça. N'essaierait-elle pas de lui faire comprendre quelque chose ?

Sally passe en revue des tenues de fête accrochées à un portant. Tandis que Ryan l'observe docilement, je sens Jessica Jupiter s'éveiller en moi. Jessica, c'est mon alter ego. J'ai rejoint la rédaction du webzine dans l'espoir d'écrire des articles révolutionnaires. Mais Cindy en a décidé autrement et m'a confié l'horoscope du journal que je ne signe pas de mon nom, mais d'un pseudonyme : *Jessica Jupiter.*

C'est un drôle de nom pour un boulot ennuyeux que je tente de faire au mieux. Grâce à quelques prédictions tombées juste, Jessica Jupiter est devenue la coqueluche du collège. À chaque parution, les élèves s'accrochent à chacun de ses mots. Ainsi, chaque fois que j'entrevois une rencontre amoureuse, je me sers des conseils astrologiques de Jessica pour mettre le feu aux poudres. C'est comme ça que j'ai aidé Tess à marquer un but auprès de son prétendant footballeur. Quelques mots bien choisis de Jessica ont aidé Jeff à réaliser que Tess était bien plus qu'un simple ailier de terrain. C'est aussi Jessica qui a jeté Savannah dans les bras de Marcus, même si celle-ci ne s'en doute absolument pas. À l'exception de Tess et de Cindy, personne ne sait que c'est moi qui me cache derrière la plume de Jessica Jupiter.

Les yeux de Jessica brillent d'intérêt pour l'histoire qui se trame sous son nez. Je la sens frétiller chaque fois qu'une scène romantique se dessine et cette fois, ce sont Sally et Ryan qui retiennent son attention. Et pourquoi pas ? Ils formeraient un beau couple ! Ryan, le clown de la classe, et Sally, la commère pétillante. Les étincelles entre les deux sont presque perceptibles à l'œil nu.

J'ai déjà commencé à écrire dans ma tête l'horoscope de Sally.

Bélier. Arrêtez de tourner autour du pot et allez droit au but ! Vous êtes une brebis au milieu d'un troupeau de moutons. On sait que l'intelligence n'est pas leur fort, et si vous avez jeté votre dévolu sur l'un d'eux, faites en sorte que votre message soit parfaitement clair. Pas de « si » ni de « mais », agissez !

Tess me donne un petit coup de coude dans les côtes.

– C'est pas le moment de rêver à ton Pulitzer, aide-moi plutôt à essayer cette robe.

Tess est mon amie depuis la maternelle. Elle me connaît mieux que personne et sait percevoir les moments où je glisse dans mon univers imaginaire. Malheureusement, ce n'est pas la prédiction adressée à Sally qui me permettra de remporter le prix Pulitzer. Pour cela, encore faut-il que j'engage une véritable carrière de journaliste. J'ai déjà réussi à glisser un papier plus sérieux dans le webzine : un article sur mon frère Ben, atteint d'une fibrose pulmonaire. Mais je l'ai fait dans l'anonymat, parce que c'était le seul moyen de passer outre la censure que Cindy fait peser sur les quatrièmes. Il me reste deux semaines avant le dernier numéro de l'année. D'ici là, j'ai bien l'intention d'écrire un papier si génial que Cindy m'implorera de le publier. Il me faut juste une idée !

Tess se dirige vers les cabines d'essayage. Le taffetas frotte sur son jean dans un bruit soyeux.

– Attends-moi !

Je me presse derrière Tess, Savannah sur mes talons.

Nous sommes face à deux rangées de cabines. Tess et Savannah choisissent chacune la leur et en referment le rideau. Je me tiens entre les deux comme une maman qui attendrait ses enfants.

– Tout va bien ?

En guise de réponse Tess ouvre son rideau.

– Waouh ! je m'exclame.

Le taffetas brillant fait ressortir sa chevelure noire et le ton bleu ciel de la robe lui donne des allures de princesse. À cet instant, j'ai du mal à me souvenir que mon amie passe tout son temps libre sur un terrain de foot à courir après un ballon et à se faire tacler sur l'herbe boueuse.

– Tu es superbe !

Elle fait un pas en avant. Le tissu de sa robe se met en mouvement comme l'eau d'une cascade.

C'est au tour de Savannah de sortir de sa cabine. Elle est radieuse, dans ce rose pâle. Ses cheveux sont comme une cascade sur ses épaules blanches dénudées. Elle ressemble à une fée.

– Marcus va croire qu'il est à Disneyland ! je déclare, le regard admiratif.

Son visage s'illumine d'un large sourire.

– Et toi, alors ? Tu ne veux pas essayer quelque chose ?

Je hausse les épaules.

– À quoi bon ?

Je pourrais tout aussi bien porter un jean. De toute façon, si j'y vais seule, je vais passer la soirée un verre à la main tandis que des couples se déchaîneront sur la piste de danse. Je commence à m'apitoyer sur mon sort, mais je me ressaisis très vite.

– Je suis fière d'avoir des amies aussi belles !

Savannah me prend dans ses bras.

– Nous sommes toutes les trois magnifiques.

Elle se met à trépigner sur place.

– J'ai tellement hâte d'être à la fête ! Ça va être génial.

Tess scrute notre reflet dans le miroir.

– C'est comme si on jouait à se déguiser… comme quand on était petites.

Savannah me porte alors un regard doux et affectueux.

– À ton tour, Gemma ! S'il te plaît !

Je ne sais pas si c'est par superstition ou parce que le jeu ne m'amuse pas vraiment, mais l'idée ne m'enchante pas.

– Peut-être une autre fois ! je réponds tout en quittant les cabines d'essayage.

C'est alors que je trébuche sur quelque chose qui se met aussitôt à gémir d'un cri agonisant.

– Sam !

Sam Baynham sautille sur place, comme s'il voulait se réchauffer.

– Est-ce que je t'ai marché sur le pied ?

Mais qu'est-ce que tu fais ici ?

– Ouais ! halète-t-il, la mâchoire serrée.

– Je suis désolée ! je bredouille en rougissant.

J'entends une voix l'appeler.

– Sam ? Tout va bien ?

Une femme qui pourrait être sa mère s'approche de nous.

– Tout va bien, Shirl ! répond-il en dégageant la tignasse blonde placée devant ses yeux bleus. Je te présente Gemma. Gemma, voici ma mère.

Oh ! Mon Dieu !

Il fait ses courses avec sa maman. C'est trop mignon !

– Bonjour, Gemma ! s'exclame Shirl, le visage illuminé d'un sourire aussi doux et chaleureux que celui de son fils. C'est *la* Gemma du webzine ? demande-t-elle à Sam.

Il hoche la tête en guise d'affirmation, tout en fixant sa mère dans les yeux. S'il voulait lui envoyer un message par télépathie, il ne s'y prendrait pas autrement.

Il lui a déjà parlé de moi !

– Shirl m'aide à choisir une robe pour le bal de fin d'année, explique-t-il.

– Une robe ? je m'exclame, l'air ahuri.

Shirl hausse les sourcils.

– Ne fais pas attention à lui, Gemma. Nous sommes venus chercher la robe de sa cousine Amy !

Sam la pousse gentiment.

– Pas la peine de tout gâcher, Shirl ! Elle était sur le point de me croire !

– Allons-y, Sam ! On va finir par être en retard.

Shirly le presse devant elle.

– Je suis contente d'avoir fait ta connaissance, Gemma ! ajoute-t-elle en se retournant.

C'est alors que Sally bondit devant moi.

– C'était qui la vieille avec Sam Baynham ?

– Sa mère ! je réponds sans quitter des yeux la tignasse blonde qui s'éloigne au milieu de la foule de clients.

Mon cœur bat la chamade. Sam est tellement gentil. Comment peut-il sortir avec la Reine des glaces ?

– C'est plutôt humiliant, ça ! s'exclame Sally.

Sam ne donne pourtant pas l'impression d'être gêné par la situation.

– Je serais morte de honte pour moins que ça ! poursuit-elle tout en suivant mon regard.

– Si seulement c'était vrai ! s'écrie Ryan, les bras noyés sous un amas de vêtements.

Sally fronce les sourcils et s'empare des habits.

– Je pense que je vais commencer par essayer tout ça.

– *Commencer ?* hurle Ryan.

– Tu n'as rien de mieux à faire, n'est-ce pas ? s'amuse Sally en se glissant dans une cabine d'essayage. Attends-moi là, je serai de retour dans une minute, et tu me diras ce que tu penses de ma première tenue.

Tandis que Ryan s'effondre à côté de l'entrée des cabines, Tess en sort. Elle tapote affectueusement l'épaule de Ryan.

– Tiens bon, mon gars !

Ryan soupire bruyamment.

– Je finis par penser que j'aurais mieux fait de perdre la raison dans le tunnel ! murmure-t-il. Au moins, tout cela me paraîtrait normal.

***

– Tu veux bien m'éplucher ces carottes, mon ange ?

Ma mère me tend un sac de légumes et un éplucheur. Pendant que je m'exécute, le regard dans le vague, un délicieux parfum d'oignons revenus dans l'huile monte jusqu'à mes narines.

Ben court dans la maison en hurlant, pourchassé par mon père armé d'une épée en plastique. Ils sont en train de jouer aux pirates.

– À l'abordage…, pas de quartier ! s'écrie Ben.

J'entends papa souffler comme un dragon lorsque Ben lui saute dessus. Jouer aux pirates est l'une des activités préférées de mon petit frère. Une fois accroché au cou de papa, Ben se fait porter partout dans la maison, jusqu'à épuisement de la *bête*.

Je les regarde galoper, Ben brasse l'air avec une épée imaginaire. Tandis que l'équipage grimpe quatre à quatre l'escalier qui mène à l'étage, ma mère se sert un verre de vin.

– C'était comment le centre commercial, chérie ? me demande-t-elle. Tu as vu des choses intéressantes ?

– Savannah et Tess ont trouvé leurs robes de soirée. Elles sont parfaites.

– Et toi ?

Elle essaie de prendre un ton désinvolte, ce qui signifie généralement qu'elle est en train de faire ses comptes dans sa tête.

À la maison, on ne roule pas sur l'or. La fibrose de Ben oblige maman à travailler en free-lance pour être avec lui dès qu'il en a besoin. Mes parents dépensent sans compter dans des nébuliseurs, des sessions de physio et des profs particuliers qui aident Ben à suivre le programme scolaire lorsqu'il est hospitalisé à cause de ses infections. Mais tout cela changera lorsque je recevrai le prix Pulitzer, lorsque je serai riche et célèbre. Alors je pourrai les aider. Je commencerai par leur offrir des vacances !

– Gem ? appelle ma mère comme elle le fait lorsque je ne réponds pas assez vite à ses questions.

– Je n'ai pas besoin de robe ! je rétorque. Le bal du collège, c'est bien, à condition d'être accompagnée.

– Tu crois vraiment ? Je ne savais pas que tu prêtais autant d'importance au fait d'avoir un petit copain !

– Ce n'est pas ça ! j'ajoute rapidement. Mais un bal sans cavalier, c'est juste une fête de plus et je ne vois pas pourquoi il faudrait que j'achète une robe rien que pour ça.

Maman épluche un nouvel oignon.

– Je me faisais une joie de te voir vêtue comme une princesse ! poursuit-elle.

– Tu pourras voir Tess et Savannah. Elles seront magnifiques. Tess va porter une robe bouffante, parfaitement scandaleuse..., mais qui lui va très bien. Et Savannah..., elle va ressembler à une star de cinéma ! je poursuis tout en épluchant. Faut-il que je coupe les carottes ?

J'essaie de changer de sujet. Je n'ai pas envie de parler du bal de promo.

Sam continue de déambuler dans mes pensées, ce qui ne me dérangerait pas s'il n'avait pas Cindy accrochée à son bras !

Maman n'en a visiblement pas grand-chose à faire de mon histoire de carottes.

– Est-ce que Tess va s'attacher les cheveux ou bien va-t-elle les laisser au naturel ? me demande-t-elle.

Je hausse les épaules en guise de réponse.

– Et Savannah ? Je suis sûre qu'elle est déjà en train d'éplucher tous les *Vogue* pour trouver l'inspiration.

– Très certainement, je marmonne en souhaitant que ma mère cesse sur-le-champ de me parler du bal.

J'imagine Sam valser avec Cindy tel le prince charmant qui fait tournoyer Cendrillon. Je repousse le tas de carottes que j'ai pelées.

– Il faut que j'aille faire mes devoirs.

– Mais nous sommes samedi, chérie ! rétorque maman, l'air suspicieux.

– Je vais bosser au webzine demain.

– Très bien. Le dîner sera prêt dans une demi-heure, conclut ma mère en jetant les carottes dans la poêle chaude.

Je sors de la cuisine et attrape mon sac de cours en passant dans l'entrée. Arrivée en haut de l'escalier, j'entends la voix de Ben dans la chambre de mes parents.

– Terre en vue ! hurle-t-il.

Je suppose que mon père et Ben sont à bord d'un navire et qu'ils naviguent au gré des vents vers des terres inconnues.

Je me glisse dans ma chambre et lâche mon sac sur mon bureau. Une pile de livres s'effondre, je les ramasse avant d'allumer mon ordinateur portable. Mes devoirs peuvent attendre. Je vais plutôt commencer par les horoscopes de Jessica. Je m'assieds devant mon clavier et commence à écrire.

Moins de cinq minutes me sont nécessaires pour rédiger l'horoscope de Sally que j'avais déjà écrit dans ma tête. Ensuite, je me demande ce que Jessica pourrait bien raconter à Ryan. Est-ce qu'au moins il a envie d'avoir une copine ?

Quelle question ! C'est une évidence pour un garçon.

Comment puis-je les réunir ? Je me connecte à la page Facebook de Ryan et c'est là que je trouve son signe astrologique. Il est Lion.

Lion. C'est l'heure de se réveiller. Vous avez suffisamment fait le clown comme ça. Quelqu'un en pince pour vous mais vous étiez tellement occupé à vos pitreries que vous ne vous en êtes même pas rendu compte. Un peu de sérieux ! Ne laissez pas passer la chance de votre vie.

Je souris. Si Sally et Ryan suivent mes conseils, ils formeront le nouveau couple du bal du collège.

Je replonge dans mes prédictions. Il est temps d'ajouter un peu de piment dans la vie de Savannah.

Poissons. Vous êtes en veine, petite sirène !

Je vérifie la météo sur le web. Il va faire chaud.

Cette semaine est placée sous le signe du soleil et de l'amour. Gardez vos lunettes de soleil sur le nez et n'oubliez pas votre baume à lèvres. Les baisers langoureux peuvent créer des gerçures, même en été.

Quelqu'un frappe à ma porte.

– Oui ?

La porte s'ouvre et maman glisse la tête dans l'embrasure.

– J'ai pensé que tu aurais peut-être faim, me dit-elle en me lançant une banane. Ça te fera tenir jusqu'à l'heure du dîner, poursuit-elle en refermant la porte.

Dans un grognement je récupère la banane qui a atterri derrière mon bureau. En la pelant, je pense à une phrase qui viendrait conclure l'horoscope de Savannah.

Attention au fruit volant !

C'est maintenant au tour de Marcus.

Sagittaire. Si votre vie amoureuse est en plein essor, alors considérez-vous comme chanceux !

Je marque une pause et laisse errer mon regard à la recherche de nouvelles idées. On ne distingue plus le sol de ma chambre tant il est recouvert de vêtements et de livres.

Ne laissez pas le désordre déséquilibrer votre vie. Il pourrait bien vous faire trébucher au moment où vous vous y attendez le moins.

Je passe maintenant au cas de Tess. Elle sait qui se cache derrière Jessica, aussi je peux écrire ce qui me chante.

Taureau. Attention ! Pirates à l'horizon !

J'entends papa et Ben qui battent le fer dans le couloir.

Hissez la grand-voile, cap sur la terre ferme !

La porte de ma chambre s'ouvre brusquement, laissant entrer les deux adversaires. J'ai juste le temps de m'emparer de ma trousse de maquillage avant qu'ils ne la piétinent.

– Sortez d'ici ! je hurle en attrapant un oreiller, prête à faire entendre ma voix.

– Désolé, Gem ! s'exclame papa dans un grognement, avant de pousser Ben hors de ma chambre.

Je claque la porte derrière eux et estime l'étendue des dégâts. Quelques livres écrasés mais mon maquillage est sain et sauf. Tout va bien.

Je me remets à mon horoscope.

Soyez vif comme l'éclair et, avec un peu de chance, vous ne laisserez pas échapper votre trésor.

C'est ensuite au tour du Verseau. C'est le signe de Will, le rédacteur le plus arrogant du webzine. Il se moque de tous les papiers des autres et notamment de mes horoscopes. Il est temps qu'il prenne au sérieux les prévisions de Jessica. Je ne vais pas lui laisser le loisir de les critiquer parce que je vais faire en sorte qu'elles se réalisent. Je finis de rédiger le texte, et ne peux réprimer un petit sourire de satisfaction. Je m'attaque maintenant au signe de Sam.

Capricorne.

L'horoscope de Sam est toujours celui qui me pose le plus de problèmes. J'aimerais bien le prévenir du danger qu'il court en fricotant avec Cindy, mais elle sait qui se cache derrière Jessica et je risque gros dans l'affaire.

Dans un soupir, je préfère passer à mon propre horoscope.

Balance. Ne désespérez pas. Vous êtes entouré par des yeux doux mais ne cédez pas à la tentation pour autant. Restez concentré sur vos ambitions en laissant de côté ce que votre cœur vous dicte. Si vous y parvenez, vous réussirez tout ce que vous entreprendrez. C'est votre semaine, foncez !

2

C'est avec un cours de maths que la journée du lundi se termine. Je suis assise au fond de la classe à côté de Tess. Savannah et Marcus sont juste devant nous. Nous travaillons en silence sur des équations si complexes que, à coup sûr, on doit s'en servir comme instrument de torture dans les pires régimes totalitaires.

J'ai un œil sur l'horloge en même temps que j'inverse les *x* et les *y*, avec les *a* et les *b* des équations. Le comité de rédaction du webzine commence tout de suite après le cours et, cette fois, j'ai bien l'intention de demander à Cindy de me confier quelque chose de sérieux.

Mon esprit vagabonde d'une idée à l'autre, toutes plus fortes les unes que les autres : *Le harcèlement sur les réseaux sociaux. Est-ce qu'un jeu vidéo peut vraiment tuer ? L'école à domicile, une solution à la crise du système scolaire ?* Je veux proposer un papier que Cindy ne pourra pas refuser. N'y a-t-il pas un dossier croustillant que je pourrai ressortir sur les profs ? Est-ce que le principal a mis sur écoute téléphonique les élèves de l'école ? M. Chapman a-t-il détourné l'argent des formations ? Je devrais peut-être aller faire les poubelles des profs pour y trouver des preuves.

Non.

Pas question de bombarder les lecteurs avec des potins sans intérêt. Je préfère encore m'occuper de leur horoscope. Je veux pouvoir écrire un papier auquel ils vont s'identifier. Un article qui exprime ce qu'ils ressentent. Je veux être leur voix, leur porte-parole.

– Qu'est-ce que t'as répondu à la question six ? me demande Tess.

J'approche mon cahier pour qu'elle puisse le lire.

– Vraiment ! fait-elle en fronçant le nez.

– Quelque chose ne va pas, mademoiselle Stone ? interroge Mme Monroe d'un ton accusateur.

Mettez-lui une perruque sur la tête et un marteau dans la main, et elle aurait tout d'un juge de cour d'assises.

– Nous parlions de la question six, répond ma copine.

– Si vous avez quelque chose à demander, poursuit sèchement la prof, adressez-vous à moi !

– C'est bon, laisse tomber ! j'interviens. On ferait mieux de travailler chacune pour soi.

Le concept de travail collaboratif s'appliquera-t-il un jour à l'école ? Travailler en réseau, façon Facebook, c'est encore de la science-fiction pour les profs.

Soudain, mon stylo se fige sur la page. *Et si j'écrivais un papier sur Facebook !*

Mais l'idée s'évapore aussi vite qu'elle est apparue. David et Phil sont les spécialistes en nouvelles technologies du webzine. Ils ont déjà écrit quelque chose sur le sujet ce mois-ci : *Les dix réseaux sociaux sans lesquels vous ne pouvez plus vivre.* Même Barbara a écrit une colonne dans la rubrique « Mode de vie » : *Ce qu'il faut savoir des Twetiquette.*

Et puis mon ambition, c'est d'écrire des choses plus intéressantes que cela.

Mme Monroe griffonne quelque chose au tableau.

– Écoutez-moi, aboie-t-elle. Écrivez cette équation dans votre cahier. Je veux que vous la résolviez chez vous. Nous l'étudierons la prochaine fois.

Tess émet un grognement.

– Encore un de ses problèmes impossibles ! bougonne-t-elle. Chaque fois qu'elle dit que *nous l'étudierons la prochaine fois*, ça veut dire qu'il faut au moins un diplôme de physique nucléaire pour le résoudre.

Tess regarde le tableau, une expression de désespoir sur le visage. On dirait que Mme Monroe a écrit l'alphabet en l'ornant de parenthèses, de plus et de moins en guise de décorations.

– Tu crois vraiment que je vais résoudre ça toute seule ?

Je reporte l'équation sur mon cahier aussi vite que possible. La pendule indique la demie passée, je n'ai plus que le dernier $(b^2 - 4ac) \div 2a$ à écrire. Je ferme mon cahier que je glisse rapidement dans mon sac avec ma trousse.

– Il ne faut pas que je sois en retard à la réunion ! je chuchote à Tess.

– Je t'attendrai à la bibliothèque, me répond-elle en même temps que la cloche retentit.

Je bondis de ma chaise et me précipite vers la porte. Mon sac sur les épaules, je traverse le couloir et gravis les marches quatre à quatre. Je ne suis plus qu'à quelques mètres de la porte du quartier général du webzine, devant laquelle je me poste un court instant pour écouter le murmure d'une voix qui provient de l'intérieur. J'entre dans la pièce d'un pas décidé.

Une forte odeur de poussière et de vernis me chatouille les narines. J'adore cet endroit. Avant, la pièce servait à entreposer de vieux livres et des dossiers. C'est un peu comme si, chaque fois que j'entrais, je traversais le temps.

Cindy est toute seule. Elle est en train d'installer les chaises pour la réunion.

– Tu veux un coup de main ?

Cindy lève les yeux vers moi.

– Hey, salut Gemma ! Ça y est, j'ai fini, dit-elle en admirant le cercle de chaises.

Elle rapproche deux d'entre elles.

S'agit-il de la sienne et de celle de Sam ?

Je constate qu'elle porte au poignet le bracelet qu'il lui a offert et je sens, dans le même temps, une douleur me tirailler la poitrine. C'est le moment d'oser :

– Je voulais te demander quelque chose !

Est-ce que Sam et toi, vous êtes ensemble ?

Je ravale la question qui me taraude et reviens à des considérations plus professionnelles.

Cindy regarde la pendule.

– C'est vraiment important ? me demande-t-elle.

– À mes yeux, ça l'est, oui !

– Que se passe-t-il, Gemma ? Je t'écoute.

Je n'aime pas sa manière de me parler. Quand elle est trop gentille avec moi, c'est mauvais signe.

– Je voudrais écrire un article pour le prochain numéro du webzine. C'est le dernier de l'année et j'aimerais bien que tu me laisses écrire quelque chose de plus sérieux.

– Bien entendu, me répond-elle.

– Mais tu le publieras ?

– Si c'est bon… bien entendu… mais…

Ah oui forcément, il y a un « mais ».

– … il y a tellement de sujets d'actu dans le dernier numéro ! Entre le bal du collège, les contributions des élèves qui quittent l'école, sans compter le dossier que Will va nous sortir sur les incohérences dans le budget de l'établissement.

Cindy se met à fouiller dans son sac.

– Mais vas-y ! poursuit-elle. Écris-le, ton papier, et je le lirai.

Je connais le refrain. Je vais l'écrire, tu vas le lire et tu me diras que tu ne peux pas le publier.

Je sens une vague de colère me monter jusqu'aux oreilles.

Cindy lève alors la tête et pose sur moi son regard bleu azur.

– Mais je ne vois pas bien comment tu trouveras le temps d'écrire ce papier. La rubrique de Jessica Jupiter est *tellement* populaire. Ta boîte mail déborde et nous allons essayer de répondre à deux courriers de lecteurs dans cette dernière édition, plutôt qu'à un seul comme nous le faisons habituellement.

Je me fiche de connaître la charge de travail de Jessica, je sais, moi, que j'aurai le temps d'écrire ce papier.

– En plus, poursuit Cindy, j'ai besoin de toi pour autre chose. Mardi prochain, je dois assister à un défilé de mode à Londres, pour mon prochain article. M. Harris a proposé de m'y conduire. Je me disais que tu pourrais m'accompagner pour prendre des notes, pendant que je ferai les interviews des mannequins et des stylistes.

Prendre des notes ? Ce n'est pas la première fois que Cindy me charge de ce genre de tâches pendant qu'elle brille sous les feux de la rampe.

– Barbara ne peut pas t'aider ?

– Barbara n'est pas notre assistante éditoriale, me rappelle Cindy avec un sourire glacial. Prendre des notes, ça fait partie de ton job, tu te souviens ? Et en plus, tu le fais si bien !

J'enrage. Lorsque je croulerai sous les récompenses et les prix de journalisme, je me promets d'envoyer les photos à Cindy !

La porte du bureau s'ouvre alors. Will fait irruption dans le cliquetis des boucles qui ornent son blouson de motard.

– Salut, Cindy ! s'exclame-t-il à l'attention de la rédactrice en chef.

Il passe devant moi comme si je faisais partie du mobilier et jette son sac sur l'un des bureaux, mais celui-ci finit sa course sur le sol. Will tire une chaise vers lui, s'y installe et étend ses jambes nonchalamment.

– Ça t'ennuierait de t'asseoir mieux que ça ? Tu vas finir par faire trébucher quelqu'un !

Will dégage la mèche qui lui cache le visage et fixe Cindy du regard.

– Ça te dit d'être la première ? l'interroge-t-il.

– Je te demande juste de ranger tes pieds, poursuit Cindy.

Will me regarde alors. Je n'avais pas vu qu'il m'avait remarquée.

– Hey, Gem. Va me chercher des cônes de signalisation pour éviter que quelqu'un ne se casse quelque chose en trébuchant sur mes jambes. Il paraît que je suis un vrai danger !

La porte du bureau s'ouvre de nouveau.

– Plutôt un cataclysme ! intervient Sam en me regardant tout sourire. Salut, Gemma, où vas-tu t'asseoir ?

Je parcours des yeux les chaises disposées en cercle et choisis le coin opposé à celui où Cindy et Will sont installés. Je n'ai aucunement l'intention d'être prise entre deux feux. Sam s'assied sur la chaise à côté de la mienne et pose son sac à même le sol.

– Plus que neuf ! annonce-t-il.

– Neuf quoi ? je lui demande.

Will grogne.

– Neuf jours avant la fin de l'année ! On n'apprend pas à compter en quatrième ?

Cindy regarde les deux chaises qu'elle avait rapprochées tout à l'heure. Elle s'assied sur l'une d'elles. Je vois bien qu'elle m'ignore, mais je sens qu'elle est en train de planifier mon assassinat.

– Tu ne préfères pas t'asseoir à côté de Cindy ? j'interroge Sam.

Il a tout de même offert un bracelet à la Reine des glaces. Sa place sur le trône lui est tout acquise.

– C'est ce que tu veux ? me murmure-t-il.

– Pourquoi vous chuchotez, vous deux ? intervient Will.

Cindy dévisage Sam en attente de sa réponse.

– J'étais juste en train de demander à Gemma ce qu'elle compte faire pour le bal de fin d'année.

Mon cœur bat à tout rompre. Mais de quoi parle-t-il ? Je me vois déjà en train de marcher vers la piste de danse en tenant Sam par le bras, mais l'image disparaît aussitôt, avant que je ne m'y habitue. Comment puis-je même imaginer que cela se produise ?

– Il plaisante ! je m'empresse d'expliquer. Je lui demandais s'il y avait assez de chaises pour tout le monde !

C'est alors que le reste de la troupe fait irruption dans le bureau : Phil et David, les jumeaux pros de la techno, suivis de Jeff qui sort une BD de son sac avant de s'asseoir. Qu'est-il donc en train de lire cette semaine ?

– C'est un *Batman* ? je lui demande en espérant que le changement de sujet calmera le feu qui empourpre mes joues.

– *Spiderman* ! me répond-il.

Jeff est dingue de foot, de comédies, de Tess et de bandes dessinées (de *romans graphiques* comme il les appelle). Il partage d'ailleurs cette dernière passion avec les jumeaux.

Barbara est la dernière à entrer. Elle ne donne pas l'impression de marcher mais de flotter. À en juger par l'expression de grâce qui se lit sur son visage, on la croirait tout juste descendue d'un nuage rose. Elle est comme ça depuis qu'elle sort avec Rupert.

Je pourrais laisser Jessica Jupiter se vanter de les avoir connectés l'un à l'autre, mais ce ne serait pas tout à fait exact. Jessica a bien tenté de se servir de l'horoscope pour que Barbara rencontre David, mais la magie de Paris a opéré et c'est dans les bras de Rupert qu'elle est tombée.

Et ce n'était pas du tout ce à quoi je m'attendais, à en juger par la manière dont Rupert me suivait partout comme un petit chien. Mais il a succombé aux charmes de Barbara. À dire vrai, je ne le regrette pas. Rupert connaît un millier de blagues, toutes plus mauvaises les unes que les autres. Depuis que Barbara surfe sur la vague de l'amour, ses articles ont pris du galon. Elle est passée de *Trucs et astuces pour faire ses devoirs à la maison*, à *Tout ce qu'une fille doit avoir dans sa trousse à maquillage*. Évidemment, ce n'est pas du haut vol, mais ça se lit et c'est suffisant pour voir son nom apparaître dans la colonne des rédacteurs, surtout quand sa meilleure amie n'est autre que la rédactrice en chef.

Cindy croise les jambes dans un mouvement de majorette. Tandis que son talon vient effleurer les jambes tentaculaires de Will, je regarde ce dernier qui scrute les chevilles de la rédactrice en chef. Je m'attends à ce qu'il fasse un commentaire sarcastique mais, curieusement, il ne dit rien. Il se contente de glisser son regard sur ses jambes jusqu'à l'ourlet de sa jupe, avant de le poser sur ses propres pieds, chaussés de bottes taille quarante-cinq.

Je regarde Sam. S'est-il au moins rendu compte que Will lorgnait sur les jambes de sa petite amie ? Visiblement non ! Il est occupé à gribouiller quelque chose sur son bloc-notes. Des accords de guitare. Serait-il en train de composer une nouvelle chanson pour son groupe ?

Du bout de son crayon, Cindy tapote son cahier puis s'éclaircit la voix avant de prendre la parole.

– Je vous remercie d'avoir rendu vos articles dans les temps ! commence-t-elle. Je vous les ai tous transférés afin que vous puissiez lire ceux de vos collègues.

Elle se tourne vers les jumeaux.

– Je me demandais si vous pouviez réviser un peu votre dossier sur les jeux !

– Pourquoi ? Quelque chose ne va pas ? s'inquiète Phil en se redressant sur sa chaise.

Cindy sourit.

– Non, pas vraiment, mais je me dis que vous pourriez être un peu plus objectifs.

David prend la parole.

– Mais c'est complètement objectif ! On a fait un test complet de *Guns of Death*. Qualité des visuels, innovations, fluidité du jeu : tout y est passé.

Cindy l'interrompt.

– Et selon vous, tout est génial ! Rien à redire ?

– C'est exact ! intervient David. Et c'est plus que génial, même.

– Il y a bien quelque chose qui ne va pas ! Par exemple, c'est certainement beaucoup trop violent, non ? Ou bien ne faut-il pas avoir un excellent niveau pour s'amuser avec ce jeu ?

David secoue la tête.

– On ne fait pas des tests pour les gamins de primaire.

Une petite lumière traverse le regard de Will.

– Ou pour les filles ! intervient-il.

Cindy se tourne vers lui comme un cobra dressé prêt à fondre sur sa proie.

– Excuse-moi ? s'offusque-t-elle.

– C'était pour rire, Cindy, répond Sam doucement.

Barbara, qui sent pointer un conflit, intervient à son tour :

– Je suis certaine que c'était pour nous faire marcher. Will sait très bien qu'il y a plein de filles qui jouent aussi.

Mais Will ne baisse pas les yeux devant la Reine des glaces.

– Quand elles ne sont pas trop occupées à se coiffer ! poursuit-il sur le même ton. C'était quoi déjà l'objet de ton papier, Cindy ? *Cire ou rasoir, les secrets d'une épilation réussie* ?

– C'est pour ça que tu fixes mes jambes depuis tout à l'heure, William ? Tu cherches à savoir quelle méthode j'ai choisie ? répond Cindy d'un ton cinglant. Pour ta gouverne, j'ai opté pour la cire. Et à présent si nous revenions à l'objet de notre réunion ?

Difficile de décrypter la réaction de Will. Il s'enfonce sur sa chaise et baisse la tête, une mèche recouvrant son visage.

La Reine des glaces l'a terrassé. Je jette un coup d'œil à Sam qui ne semble pas dérangé le moins du monde par la situation.

– Elle t'a eu, Will ! plaisante-t-il.

J'en déduis que Sam et Cindy se font confiance et ont une véritable complicité, et l'idée me donne la nausée.

Le bracelet de Cindy tinte chaque fois que son poignet frotte sur son cahier.

– Très joli papier, Barbara, comme d'habitude !

Cindy va-t-elle aimer l'horoscope de Jessica cette semaine ? Quoi qu'il en soit, elle ne pourra pas le dire à haute voix, personne ne sait dans l'équipe que c'est moi qui le rédige.

Quelqu'un frappe à la porte. C'est M. Harris.

– Je peux vous déranger un moment ?

M. Harris a créé le webzine au début de l'année. Il nous en laisse la gestion mais, de temps en temps, il intervient pour nous faire part de ses suggestions. Il traîne le pas pour entrer dans le bureau, on dirait un ours à peine sorti d'hibernation. Sa veste de velours marron est toute froissée, le bas de ses jeans est en lambeaux.

Cindy l'interroge :

– Vous vouliez nous dire quelque chose, monsieur Harris ?

– J'ai des nouvelles pour vous ! répond-il, l'air distrait. Vous avez fait un excellent travail. Le succès du webzine est incontestable. Alors pour vous remercier de vos efforts, je suis en train de vous organiser une sortie.

Une sortie ?

– Mlle Davis, M. Chapman et moi-même, nous allons vous emmener au bowling. Nous n'avons pas encore décidé de la date, mais M. Chapman propose mardi prochain.

Barbara applaudit.

– Oh ! Quelle idée géniale, monsieur Harris ! Merci infiniment.

Will grogne.

– C'est obligatoire ?

M. Harris secoue la tête.

– Évidemment, non. Mais vous n'allez pas perdre une occasion de fêter votre réussite avec vos collègues, n'est-ce pas ?

– Allez, Will ! l'encourage Barbara. Tu *dois* venir ! Tu es l'un des rédacteurs les plus importants de l'équipe !

Barbara est un génie.

– En plus, avec les bras que tu as, tu dois être un pro du bowling ! ajoute-t-elle.

– Je dois pouvoir au moins attraper la boule sans me casser un ongle ! répond Will en regardant la manucure de Cindy.

Sam me donne un petit coup de coude.

– Tu joues au bowling ? me demande-t-il.

– Qui ? Moi ? je réponds, surprise de constater qu'il ne s'intéresse pas au petit jeu entre Will et Cindy.

– Oui, toi !

Sam me dévisage de ses grands yeux bleus.

– Un peu, oui !

Je sens mon estomac se nouer. C'est à Cindy qu'il devrait poser la question, pas à moi. Après tout, c'est elle qui porte le bracelet qu'il lui a offert.

– Il y a autre chose ! intervient M. Harris en plongeant les mains dans ses poches. Nous pensons que Jessica Jupiter devrait faire un discours pendant la fête de fin d'année.

Je me sens glisser de ma chaise. J'agrippe l'assise pour éviter de tomber. *Quoi ?* Mon rythme cardiaque s'emballe. *Mais... Jessica Jupiter n'existe pas !*

J'essaie de capter le regard de Cindy, mais M. Harris m'empêche de la voir.

– Les élèves sont fans de Mlle Jupiter, et nous pensons qu'elle ferait une animatrice hors pair.

M. Harris regarde alors Cindy.

– Penses-tu pouvoir la convaincre d'intervenir ? lui demande-t-il.

Lorsque Cindy a inventé Jessica, elle a raconté que c'était une amie de son père. Celui-ci dirige le journal local depuis des années et on pouvait facilement croire qu'il avait dans ses relations une voyante connue, désireuse de prêter main-forte au webzine amateur du collège de sa fille.

– Vous voulez que Jessica Jupiter intervienne en chair et en os ? demande Will. C'est *ça* l'angle du journal que vous souhaitez mettre en avant ?

M. Harris se retourne, tout en continuant à jouer avec les pièces de monnaie qu'il a dans ses poches.

– Je ne sous-estime pas le sérieux du magazine, poursuit-il.

– J'ai découvert un réseau de contrebande, objecte Will. *Ça*, c'est le scoop de l'année !

Je jette un regard assassin à Will. C'est moi qui l'ai aidé à dévoiler le trafic d'objets volés de Dave Wiggins. *C'est moi* qui étais la première à infiltrer la boîte de nuit et *c'est moi* que la police a appelée quand Wiggins a pris Will en otage. A-t-il mentionné mon nom dans son article ? Pas du tout ! Sam est le seul à connaître le rôle que j'ai tenu dans cette affaire parce qu'il était présent pendant les événements. Il jouait avec son groupe dans la boîte de nuit.

Will ne remarque même pas mon regard de tueuse, il est trop accaparé par le sentiment d'indignation qui l'envahit.

– S'il y en a un qui devrait parler en public au nom du webzine, c'est bien moi ! s'offusque-t-il.

– Mais c'est la fin de l'année, continue M. Harris. C'est le moment de s'amuser un peu. Nous pensons que Mlle Jupiter impulserait une bonne énergie à cet événement.

– Vous avez parfaitement raison, monsieur Harris ! intervient Cindy, un sourire angélique dessiné sur son visage. Jessica sera parfaite.

Elle ne se tourne pas vers Will, mais je ressens combien elle apprécie sa revanche après sa remarque désobligeante sur l'épilation.

Je cherche son regard. Comment va-t-elle s'y prendre pour se sortir de ce piège ? Si je me dévoile comme étant Jessica Jupiter, tout le monde saura que les conseils émanent d'une petite quatrième, et tout cela nous conduira à l'émeute !

M. Harris finit par sortir les mains de ses poches.

– Pensez-vous qu'elle sera d'accord pour venir au collège ?

Cindy dévoile un grand sourire.

– Ne vous inquiétez pas ! Elle sera là.

3

Tess entre dans ma chambre en trombe et s'assied sur mon lit.

– Comment pourrait-elle se présenter à la fête de l'école ? Jessica Jupiter n'existe pas !

– Excuse-moi ? je proteste en ôtant ma veste.

– Tu sais très bien ce que je veux dire. Toi, tu existes, c'est sûr…, mais tout le monde attend une reine de la mode, pas une gamine de quatrième.

– On dirait que Cindy a un plan !

– Elle pourrait faire appel à une vieille actrice, oubliée de tous ! suggère Tess.

– Ou bien elle dira que Jessica a refusé de venir au dernier moment. Elle a dit oui à M. Harris juste pour contrarier Will.

Ce qui avait plutôt bien fonctionné : je pouvais entendre le grincement de ses dents depuis l'autre bout de la pièce.

– Elle va le laisser souffrir quelques jours et puis elle lui proposera de remplacer Jessica au pied levé.

– Je n'ai aucune envie d'écouter le discours ennuyeux de Will, grogne Tess. Jessica ne pourrait pas lui trouver une petite copine ? Ça lui permettrait peut-être de voir la vie en rose !

– Je ne suis pas certaine que ce soit la solution ! Il est plutôt du genre sinistre.

Un bruit de pas se fait entendre dans l'escalier. Savannah apparaît dans l'encadrement de la porte.

– Vous auriez pu m'attendre ! dit-elle, essoufflée.

Il est vrai que nous l'avions laissée à l'arrêt de bus, occupée à dire au revoir à Marcus.

– Tu mets chaque fois des heures à te séparer de ton chéri ! s'exclame Tess en s'allongeant sur mon lit, coincée entre mes oreillers. C'est même étonnant que Marcus ait encore des lèvres !

– Ce n'est pas de ma faute s'il embrasse si bien ! rétorque Savannah en faisant la moue.

– Beurk, inutile de nous en dire autant ! fais-je en attrapant une peluche que je lui lance.

Elle s'en empare au vol et change de sujet.

– Et qui est-ce qui est plutôt du genre sinistre ?

– Will ! je réponds.

– Pourquoi donc êtes-vous en train de parler de Will ? s'exclame-t-elle en me fixant du regard.

Je sais très bien ce qu'elle est en train de penser : Will est-il un potentiel prétendant pour moi ?

– Pendant la réunion du webzine, il était aussi ennuyeux qu'à son habitude ! dis-je comme pour me justifier. Qui voudrait sortir avec un type comme ça ?

– Il est plutôt pas mal, je trouve ! commente Savannah. Dans le genre de ceux qui cachent leurs mauvaises intentions et qui dissimulent leur face obscure. Dans le genre vampire !

– C'est possible ! répond Tess. Si tu veux dire qu'il pompe l'air des gens.

– Bon ! Laissons tomber Will ! j'interviens avant que Tess et Savannah ne me cherchent un autre prétendant.

Depuis qu'elles ont trouvé l'âme sœur, elles font tout ce qu'elles peuvent pour que je rejoigne leur groupe des amoureuses. Elles ont même essayé de me brancher avec Rupert avant qu'il ne rencontre Barbara. C'est comme si elles considéraient que je ne suis qu'une moitié d'individu parce que je ne suis pas en couple. Ridicule !

– Cindy m'a proposé d'aller à un défilé mardi prochain.

– Ne me dis pas que tu vas au Teen Couture de Londres ! s'écrie Savannah.

– Ça doit être ça, oui ! Elle m'a demandé de venir pour prendre des notes pendant qu'elle interviewera les stylistes et les mannequins. On publiera toute une page dans le webzine de la semaine prochaine.

– Avec des photos ? m'interroge Savannah, les yeux brillants.

– Je suppose que Cindy emmènera son appareil photo, oui.

Savannah m'attrape par les épaules.

– Mais pourquoi n'es-tu pas plus excitée à l'idée de te rendre à Londres pour cet événement majeur ? C'est le show de l'année et tu auras une carte de presse pour te rendre où tu veux. Tu te rends compte de la chance que tu as ?

– J'y connais pas grand-chose ! je marmonne. Je suppose que je vais m'asseoir dans les coulisses pour gratter des notes, pendant que Cindy, elle, fera le boulot intéressant.

– Oh mon Dieu ! Tu n'as jamais assisté à un défilé, c'est ça ? s'étonne Savannah. Je vais te donner quelques conseils. Tu n'as pas l'intention de passer pour une andouille, n'est-ce pas ?

– Tu sais, je vais regarder le show, pas défiler ! Ça ne doit pas être bien compliqué !

Savannah dégage les affaires qui jonchent le sol de ma chambre pour former une allée qui part de la porte et rejoint la fenêtre.

– Il nous faut de la musique ! s'exclame Tess en regardant ma base d'iPod.

Tandis que Tess plonge dans mes playlists, Savannah commence son exposé.

– Il faut que tu connaisses le protocole.

– C'est un défilé de mode, pas une garden-party avec la reine d'Angleterre ! je lui lance.

Savannah lève les sourcils.

– Une garden-party avec la reine serait bien plus simple. Il faut que tu saches comment te tenir, comment trouver un siège, ce que tu vas porter, énumère-t-elle en comptant sur ses doigts. Règle numéro un : tu ne dois pas lésiner sur ta tenue, explique-t-elle en jetant un coup d'œil à ma garde-robe. Bon, dans le cas présent, je sens que je vais être obligée de te prêter quelque chose !

– Je serai habillée avec l'uniforme de l'école ! je lui rappelle.

– Mais tu comptes bien te changer, une fois arrivée là-bas, n'est-ce pas ?

– Si on ne porte pas l'uniforme, ils ne nous donneront pas le passe. Nous sommes censées représenter l'école.

– Tu as donc l'intention de te rendre à un défilé de mode, en plein cœur de Londres, vêtue comme une petite collégienne... Dis-moi que c'est une blague !

– Au moins, personne ne me remarquera !

Savannah me regarde, l'air consterné.

– Quand vas-tu arrêter de vouloir être invisible ?

– Mais je n'ai pas envie d'être invisible ! J'ai juste pas envie de me faire remarquer, c'est pas la même chose.

– Dans ce cas, pourquoi est-ce que tu rêves de remporter le prix Pulitzer ? poursuit-elle, déterminée.

– C'est différent ! Je peux travailler ma manière d'écrire. Je peux faire mille fois mieux sur ce terrain. Mais je ne peux pas ressembler à autre chose que ce que je suis.

Tess lève la tête de mon iPod et ajoute :

– Mais d'ailleurs, pourquoi le voudrais-tu ? Tu es tellement belle comme tu es !

Alors pourquoi est-ce Cindy qui a reçu le bracelet en cadeau de Sam ?

Savannah laisse tomber le débat sur la tenue et passe au point suivant de son énumération.

– Numéro deux : des chaussures plates tu porteras ! annonce-t-elle solennellement. Tu vas devoir rester debout et piétiner pendant des heures. Aucune chance pour que tu aies un fauteuil, réservé aux invités prestigieux. Mais certains d'entre eux auront un empêchement et ne pourront assister au défilé. Alors, si, au moment où la lumière baisse, tu remarques une chaise vide, jette-toi dessus. Vise le premier rang, c'est là que le gratin est installé.

Sans reprendre son souffle, Savannah poursuit sur la lancée :

– Trois : ne sois *pas* en retard ! Sans quoi, ils ne te laisseront pas entrer. Quatre : silence absolu… pas un mot ! Si tu as quelque chose à dire, dis-le avec les yeux, pas avec la bouche. Tu peux bouger la tête mais pas les lèvres. Tu peux aussi envoyer des textos et des photos. À moi, évidemment !

– Je n'aurai peut-être pas le temps ! je rétorque à Savannah. J'y vais pour prendre des notes pour le webzine, tu te souviens ?

– Je comprends, répond-elle. Mais je voudrais que tu fasses quelques photos au moins avec ton téléphone pour que tu puisses me les montrer après !

– C'est promis !

C'est alors que la musique jaillit des enceintes. Tess est aussi surprise que nous.

– Désolée ! s'excuse-t-elle comme si elle s'était fait pincer en plein cambriolage.

– Non, non, c'est parfait ! hurle Savannah pour couvrir la musique tonitruante.

Elle regarde alors par terre, à l'endroit où se trouve ma robe de chambre roulée en boule.

– Montre-nous comment tu ferais pour défiler avec ça ! lance-t-elle à Tess, en désignant le couloir qu'elle a dessiné au milieu du chaos qui règne dans ma chambre.

Docilement, Tess enfile ma robe de chambre et avance sur le tapis comme un footballeur décidé à marquer un but. Arrivée au bout de la travée, elle pivote, vacille et, dans un cri de victoire, se laisse tomber sur le pouf.

Savannah lève les yeux au ciel.

– Tu es tout le contraire de Kate Moss, ma pauvre Tess.

– Peut-être mais Kate ne pourrait pas tacler un milieu de terrain comme je le fais ! répond-elle du tac au tac.

– On essaie de préparer Gemma à son premier défilé de mode, pas à son entrée sur le stade, poursuit Savannah. Attends une seconde, ajoute-t-elle.

Savannah se poste devant ma garde-robe et en sort une paire de chaussures à talon. Elles sont noires et haut perchées. Je n'ai jamais eu le courage de les porter. Elles m'ont fait forte impression en vitrine du magasin, mais elles ne sont pas ce qu'il y a de plus pratique pour courir après le bus le matin quand je pars à l'école.

– Mets ça ! dit-elle à Tess en lui tendant la paire de chaussures.

– C'est pas des chaussures ! s'exclame Tess. Ce sont des instruments de torture.

Tess s'assied sur le pouf pour tenter d'enfiler les talons. Je m'accroupis pour l'aider à glisser ses pieds et à fixer les brides.

– C'est pas vraiment de la haute couture, commente Savannah en sortant de mon placard. Mais voyons ce qu'on peut tirer de ça !

Mon sang se glace quand je m'aperçois qu'elle a découvert le coin « expérimental » de ma garde-robe dans lequel je dissimule mes achats compulsifs. Elle a trouvé le petit haut bleu à paillettes, dont j'étais certaine qu'il mettrait mes yeux en valeur, jusqu'à ce que je me rende compte que je ressemblais plutôt à une guirlande de Noël. Elle me sort aussi la longue jupe fuseau fabriquée dans une sorte de matière plastique que j'avais achetée pour Halloween. Je me souviens que j'avais vaporisé un spray vert sur mes cheveux pour avoir l'air d'un zombie. Malheureusement, l'humidité de l'automne avait eu un effet « frisant », et j'avais plutôt ressemblé à un palmier.

Savannah lance les tenues à Tess.

– Enfile ça !

– Mais pourquoi c'est moi qui sers de modèle ? se plaint Tess.

– Parce que Gemma doit s'entraîner à être dans le public. Allez, dépêche-toi un peu !

Tess se glisse dans la jupe fuseau et enfile le haut bleu brillant. À notre grande surprise, elle n'est pas du tout ridicule, perchée sur ses hauts talons.

La musique résonne à plein tube.

Avec précaution, Tess se met à défiler, en équilibrant ses pas avec ses bras.

– Tu es un top model, Tess, pas un funambule. Lève un peu la tête, ramène les bras près de ton corps et balance-les subtilement !

Tess s'exécute tandis que Savannah applaudit avec beaucoup d'élégance.

– Divine ! Grandiose ! clame-t-elle.

Elle se penche alors vers moi.

– Regarde bien le premier rang, me murmure-t-elle. Si les gens opinent de la tête, tu peux applaudir. S'ils la secouent, montre que tu es déçue toi aussi.

– Et que se passe-t-il si ça me plaît à moi, mais pas à eux ?

– On se fiche de ce que tu penses ! Ce sont les critiques qui décident de ce qui est bien et de ce qui ne l'est pas. Nous, tout ce qu'on a à faire, c'est de suivre leurs goûts.

Toujours vacillante, Tess menace de s'écrouler. Lorsqu'elle arrive à la porte, celle-ci s'ouvre brutalement. Il ne lui en fallait pas plus pour partir en arrière. Elle finit les quatre fers en l'air, enfoncée dans mon panier à linge.

Ben se tient à l'entrée de ma chambre, les mains sur les oreilles.

– Vous faites la fête ou quoi ? crie-t-il.

J'enjambe la passerelle de défilé improvisée et m'empresse de couper le son.

– Pas du tout ! On est en plein défilé de mode.

Ben dévisage Tess.

– Pourquoi Tess est déguisée comme ça ? Et pourquoi elle est assise dans ton panier à linge ?

– On s'entraîne ! explique Tess. Vous ne voulez pas m'aider à sortir, s'il vous plaît ?

Ben la tire par les bras dans un mouvement enthousiaste. Je rejoins Ben pour aider mon amie à lui ôter cet objet de torture qui retient ses pieds prisonniers.

Savannah nous regarde, l'air dépité.

– Je me demande parfois pourquoi je fais tout ça ! s'exclame-t-elle. C'est comme si j'avais Laurel et Hardy comme copines.

– C'est pas ma faute ! s'écrie Tess, indignée. C'est Ben qui m'a fait tomber !

– Laissez-moi vous montrer comment on fait ! poursuit Savannah. Ben..., musique, s'il te plaît.

Ben appuie sur le bouton *play* et la musique se remet à hurler. Savannah relève les épaules, dégage la poitrine et commence à déambuler le long du podium fictif comme si elle avait fait ça toute sa vie.

– Il faut que tu te fasses une *checklist* dans ta tête, glapit-elle à mon intention. Commence par vérifier les coiffures. Elles sont un élément central du show. Droites, lisses, sculptées ou sauvages. Ça te donnera des indications sur les intentions des stylistes.

Savannah pivote et revient vers nous. Ben se place derrière elle et se met à marcher dans ses pas, en mimant sa gestuelle. La caricature est digne d'un personnage de cartoon. Je sens que Tess réprime un fou rire qui bientôt me gagne aussi. Je pince les lèvres pour ne pas éclater.

Savannah, elle, continue de me faire ses recommandations, sans prêter attention aux pitreries de mon frère.

Ben attrape une écharpe posée au sol qu'il enroule autour de sa tête en se bandant partiellement les yeux. On dirait une grand-mère en état d'ébriété. Je sens que Tess trépigne à côté. Je n'ose pas la regarder de peur d'exploser de rire.

Imperturbable, Savannah continue à distiller ses conseils.

– N'oublie pas de regarder les chaussures. Elles sont un autre indice des intentions des stylistes.

Tandis que Savannah continue de s'approcher de nous, Ben lève le menton et se met à papillonner des cils. Il ne remarque pas que Savannah s'est arrêtée et s'écrase sur elle.

– Mais qu'est-ce que tu fais ? s'écrie Savannah, surprise.

Sous l'impact, Ben bascule en arrière et s'écroule sur une pile de livres.

J'accours auprès de lui.

– Ben ! Tu vas bien ? Réponds !

Dans un grognement, il roule au sol et finit sur le dos au milieu de ma chambre. Agité d'une crise de rire qu'il semble peiner à contrôler, mon frère s'écrie :

– Je savais pas que c'était si marrant, les défilés de mode !

Tess laisse aller ses éclats de rire. Je regarde Savannah qui a l'air de prendre la chose très au sérieux. Son visage se crispe. Je m'apprête à la prendre dans mes bras pour lui dire combien je suis désolée lorsque soudain elle éclate de rire à son tour. Elle se laisse tomber à côté de Tess et je suis obligée de mettre la main devant ma bouche pour réprimer les éclats de rire qui se bousculent.

C'est à ce moment que maman apparaît dans l'embrasure de la porte.

– Mais c'est quoi ce cirque ?

La musique hurle à tue-tête. Tess, Savannah et Ben se roulent par terre, sans parvenir à s'arrêter de rire.

– On est désolés, maman. C'est juste qu'on s'entraîne pour un défilé de mode.

– Ça ressemble plus à un champ de bataille qu'à un podium ! affirme-t-elle en balayant la chambre des yeux.

– C'est ma faute, maman ! confesse soudain Ben. Je voulais juste imiter Savannah.

– J'espère que vous ne verrez pas d'inconvénient à ce que votre fils devienne le prochain super top model ! l'interrompt Savannah.

Dans un éclat de rire, maman se met à ébouriffer la tignasse de mon frère.

– Le prochain super top model, je ne sais pas, mais la prochaine super patate, ça, ça ne fait aucun doute.

4

Le soleil est au zénith et ses rayons viennent réchauffer le quartier général du webzine dont la dernière édition est parue ce matin. Barbara et Cindy, seules dans le bureau, sont penchées sur leur PC, elles passent en revue les articles de la semaine, tout en gardant un œil sur #GreenParkEzine, le compte Twitter du magazine. Les autres membres de la rédaction sont dehors à profiter du beau temps.

J'allais poser une question à Cindy mais, au moment où j'entre, c'est Barbara qui m'interpelle.

– C'est quoi ton signe, Gem ?

– Balance, pourquoi ?

– C’est juste que j’étais en train de lire l’horoscope, poursuit Barbara. Tu savais que Jessica Jupiter avait son propre hashtag, sur Twitter ?

– Vraiment ? je réponds en souriant.

Cindy me jette un œil inquiet. Croit-elle que je vais dévoiler notre secret ? Si tel est le cas, elle se trompe ! Je n’ai aucunement l’intention qu’on se souvienne de moi comme étant Jessica Jupiter, même si c’est plutôt cool d’avoir son propre hashtag.

– Tu en es où de ton article « sérieux », Gemma ? me demande Cindy pour changer de sujet.

Barbara lève la tête et me sourit en guise d’encouragement.

– Tu es en train d’écrire quelque chose pour le webzine, Gemma ?

– Je n’ai pas vraiment commencé…

Je n’ai pas encore trouvé le sujet. Mon regard croise celui de Cindy, toujours aussi glacial. Je pourrais écrire un papier sur les coins les plus froids de la planète ! La température du cœur de Cindy se situerait entre celles de l’Everest et du cercle Arctique.

– Bonne chance, alors ! poursuit Barbara. Tu mérites d'être publiée… Tu as tellement travaillé pour le webzine.

Si tu savais, chérie !

– Il faut que je me sauve ! dis-je en mettant mon sac sur les épaules. Je vais déjeuner avec mes amies.

– D'ailleurs, pourquoi es-tu passée ? me demande Cindy.

– Je te cherchais. Je voulais savoir à quelle heure nous avons rendez-vous demain.

– Pour le défilé ? M. Harris veut éviter les bouchons du matin, on partira donc à sept heures.

Sept heures ? Ça veut dire qu'il faut que je me lève à cinq heures et demie, si je veux avoir le temps de me maquiller et de me coiffer pour ressembler à quelque chose.

– Parfait ! je réponds en souriant à Cindy.

Je reprends mon sac et l'ouvre pour en sortir un vieux livre aux coins cornés. Synchroniser nos agendas avec Cindy n'est pas la seule raison qui m'a conduite au QG du webzine.

– Est-ce que tu pourras donner ça à Will, s'il te plaît ? dis-je à Barbara en lui tendant l'objet.

Elle le prend et lit son titre.

– *Les Hauts de Hurlevent* ?

C'est le premier bouquin qui m'est tombé sous la main ce matin lorsque j'en cherchais un dans la bibliothèque du salon.

– Est-ce que c'est Will qui te l'a prêté ?

Je secoue la tête.

– Non, non, c'est pour une expérience en sciences sociales ! je réponds.

Un mensonge inventé de toute pièce !

– Quel genre d'expérience te conduit à donner un livre à Will ? s'étonne Cindy.

– Je fais des recherches sur les bonnes actions anonymes, je poursuis.

– Dois-je lui dire que ça vient de toi ? me demande Barbara.

Cindy prend le livre des mains de Barbara.

– Si tu lui dis, ce ne sera plus un geste anonyme ! continue Cindy. En plus, il est tellement prétentieux qu'il croira que Gemma en pince pour lui. C'est moi qui lui donnerai. Je lui dirai que c'est un cadeau d'anniversaire en avance sur la date. C'est assez anonyme pour toi ? fait-elle avec un sourire narquois aux lèvres.

– Ça me va bien. Merci, Cindy !

Peu importe celle qui donnera le livre à Will, du moment que je parviens à démontrer que Jessica avait raison !

Je me dirige vers le parc. En juillet, lorsqu'il fait chaud, c'est le seul endroit pour déjeuner à l'ombre des marronniers centenaires.

Savannah et Marcus sont affalés dans l'herbe et partagent amoureusement un paquet de chips. Sally et Ryan sont assis, leur panier de pique-nique regorge de sandwichs en tout genre. Tess, elle, est adossée au tronc d'un arbre, aspirant à l'aide d'une petite paille le contenu d'une brique de jus d'orange.

Je m'installe à côté d'elle et sors mon déjeuner de mon sac. Je me jette sur mon repas.

– Où est Jeff ? je demande, la bouche pleine.

Tess pointe le terrain de foot du doigt.

– Il est en train de s'entraîner !

Je ne l'envie pas de courir sous le soleil.

Je vois passer Chelsea et Josh qui se promènent main dans la main. Ils sont tous les deux dans notre classe. Cela fait des mois qu'ils sortent ensemble. Chelsea se pavane comme si elle méritait le premier prix de la fidélité. De notre côté, nous pensons que c'est plutôt Josh qui mériterait d'être récompensé pour être parvenu à rester sain d'esprit jusqu'à présent. Elle le traite comme s'il s'agissait d'un animal de compagnie.

Elle est toujours à lui râler dessus et à lui donner des ordres.

Tess s'approche de mon oreille.

– Un jour qu'elle baissera un peu la garde, il partira en courant ! me murmure-t-elle.

Je pouffe de rire.

– Qu'est-ce qui te fait rire comme ça ? me demande Chelsea en me jetant un regard sombre.

Je lui fais un petit sourire.

– Rien du tout !

Je ne suis pas du genre à chercher la bagarre et, en plus, je connais la réputation agressive de Chelsea.

– Hey, Ryan ! fait Sally d'une voix mielleuse, tandis que Chelsea et Josh s'éloignent. Tu veux un bout de mon sandwich ?

Sally est particulièrement jolie aujourd'hui. Elle arbore un nouveau rouge à lèvres.

– Non merci ! répond Ryan, qui ne se rend compte de rien. J'aime pas le thon. Et en plus tu as mis du rouge à lèvres partout.

– Vas-y, Ryan ! C'est bien de partager, tu sais ? commente Savannah, avant d'embrasser Marcus. Et puis le rouge à lèvres, ça a bon goût ! N'est-ce pas, Marcus ?

– Ouais ! répond-il en mettant les mains derrière la nuque, un grand sourire illuminant son visage.

Savannah sort son smartphone de sa poche.

– Est-ce que quelqu'un a lu l'horoscope de Jessica aujourd'hui ?

Tess me donne un petit coup de coude. Je lui réponds par une grimace. Je lui ai confié tout à l'heure que cette semaine Jessica aspire de nouveau à faire naître l'amour quelque part au sein du collège.

Je croque un morceau de mon sandwich pendant que Savannah lit son horoscope à voix haute.

– *Poissons. Vous êtes en veine, petite sirène ! Cette semaine est placée sous le signe du soleil et de l'amour. Gardez vos lunettes de soleil sur le nez et n'oubliez pas votre baume à lèvres. Les baisers langoureux peuvent créer des gerçures, même en été. Attention au fruit volant !*

Elle tend son téléphone à Sally.

– Jessica peut même prévoir la météo. Et elle ne se trompe pas quand elle dit de se protéger les lèvres. Par contre, je ne suis pas certaine de bien comprendre son allusion sur le fruit volant ! conclut Savannah.

– Est-ce qu'il y a un Sagittaire parmi nous ? demande Sally.

Marcus lève le bras.

Sally commence à lire.

– *Sagittaire. Si votre vie amoureuse est en plein essor, alors considérez-vous comme chanceux ! Ne laissez pas le désordre déséquilibrer votre vie. Il pourrait bien vous faire trébucher au moment où vous vous y attendez le moins.*

Marcus lève la tête nonchalamment et ouvre les yeux.

– Je ne vois aucun désordre ! murmure-t-il avant de reprendre la position qu'il avait adoptée jusque-là.

– Chut ! Je cherche mon signe ! intervient Sally, toujours occupée à pianoter sur le téléphone de Savannah.

Je me souviens parfaitement de ce que j'ai écrit à son sujet. *Bélier. Arrêtez de tourner autour du pot et allez droit au but ! Vous êtes une brebis au milieu d'un troupeau de moutons. On sait que l'intelligence n'est pas leur fort, et si vous avez jeté votre dévolu sur l'un d'eux, faites en sorte que votre message soit parfaitement clair. Pas de « si » ni de « mais », agissez !*

Sally lève les yeux de l'écran, pensive. Puis elle regarde Ryan.

– Et pourquoi ne pas lire celui de Ryan ? je suggère.

Sally part en quête de son horoscope. *Lion. C'est l'heure de se réveiller. Vous avez suffisamment fait le clown comme ça. Quelqu'un en pince pour vous mais vous étiez tellement occupé à vos pitreries que vous ne vous en êtes même pas rendu compte. Un peu de sérieux ! Ne laissez pas passer la chance de votre vie.*

Un sourire se dessine sur le visage de Sally.

– Hey, Ryan ! T'as entendu ? Quelqu'un en pince pour toi ! Tu sais qui ? l'interroge-t-elle, les yeux brillants d'une expression malicieuse.

Ryan hausse les épaules.

– Aucune idée.

– Mais toi ? Tu voudrais que ce soit qui ? insiste Sally.

Ryan roule des yeux.

– O.K. ! s'impatiente Ryan. Je vais te le dire. Gemma, oh, Gemma ! Je ne m'étais pas rendu compte que tu partageais mes sentiments. Gemma ! Je t'aime. Je ne peux pas vivre sans toi. Sois à moi, je t'en conjure ! s'exclame-t-il en s'agenouillant dans l'herbe, devant moi.

De toute évidence, Ryan joue la comédie mais le visage de Sally s'est crispé comme un paquet de chips froissé.

– Jessica a raison ! s'exclame-t-elle. Il est temps que tu grandisses un peu, Ryan !

Sur ce, elle se lève, jette son téléphone à Savannah et s'en va. Marcus, quant à lui, ricane dans son coin.

– Qu'est-ce qui te fait rire ? lui demande Savannah.

– Jessica t'a conseillé de faire attention au fruit qui vole, non ? poursuit-il.

– De quel fruit parles-tu ?

– Ton iPhone, c'est un Apple, une pomme quoi ! Je me trompe ?

Tess regarde Sally s'éloigner.

– Quelqu'un devrait aller voir ce qu'elle a ! suggère Tess.

– J'y vais ! fait Ryan en se levant.

Il met son sac sur ses épaules et part en courant sur les traces de Sally.

– Attends ! lui hurle-t-il.

Ryan finit par rejoindre Sally. J'interroge Tess :

– Tu crois que le plan de Jessica est en train de fonctionner ?

Tess croise les doigts.

– Le temps nous le dira !

Sally et Ryan s'éloignent et passent devant Will allongé, seul, au milieu du parc. En dépit du soleil généreux, il est toujours vêtu de son blouson de cuir. La tête posée sur son sac à dos, il est en train de lire un livre. Je me demande s'il a pris connaissance de son horoscope.

J'aperçois au loin Cindy et Barbara qui traversent le parc en direction de l'endroit où se trouve Will. Je suis trop loin pour entendre quoi que ce soit, mais je vois Cindy donner un petit coup de pied dans la semelle des chaussures du garçon. Il écarte son livre et pose son regard sur elle.

Je repense alors à ce que j'ai écrit dans l'horoscope de Will.

Verseau. C'est le moment de montrer votre bon côté.

Cindy ouvre son sac et en sort l'exemplaire des *Hauts du Hurlevent* que je lui ai remis plus tôt.

Une opportunité se présentera à vous cette semaine. Quelqu'un vous offrira un livre.

Will marque un instant de surprise lorsque la jeune fille lui remet l'ouvrage.

Remerciez cette personne. Un peu de douceur ne vous fera pas de mal.

Will se redresse. L'expression qui se lit sur son visage ne serait pas différente si Cindy lui avait apporté la couronne d'Angleterre sur un plateau.

Je ressens comme un sentiment de fierté. Compte tenu de l'étonnement dont il fait preuve, c'est sûr, il a lu son horoscope. La dernière chose à laquelle il devait s'attendre, c'est que la prédiction de Jessica se réalise.

La cloche retentit.

– C'est l'heure d'y aller ! s'exclame Marcus en se levant vivement.

Je referme la boîte qui contenait mon repas tandis que Tess nettoie les brins d'herbe restés accrochés à sa jupe.

Savannah ramasse ce qui reste du déjeuner, les papiers et cartons d'emballage laissés par Ryan notamment, et Marcus se dirige déjà vers l'école.

– Attention ! s'écrie Savannah.

Mais trop tard ! Marcus se prend les pieds dans le sac de Savannah, il trébuche et tombe dans l'herbe du parc en grognant.

– Tout va bien ? s'inquiète Savannah.

– Oui oui, ça va ! répond Marcus, le visage cramoisi.

– Les étoiles ont encore parlé ! s'amuse Tess. Jessica t'avait bien dit que tu risquerais de trébucher si tu ne faisais pas attention.

5

Tandis que je grimpe l'escalier qui mène au QG du webzine, j'entends au loin le vrombissement des aspirateurs qui résonne dans les couloirs vides. J'adore être à l'école lorsqu'il n'y a plus personne. La cloche a retenti il y a une vingtaine de minutes et, à l'exception des membres du club d'échecs et du service de nettoyage, je suis seule dans les bâtiments.

– Salut, Gemma !

Sam se tient sur la dernière marche, mais les rayons du soleil qui filtrent par une lucarne m'ont éblouie et je ne le remarque qu'au dernier moment. J'étais à deux doigts de le percuter.

– Bonjour, Sam !

La lumière qui l'entoure lui donne une allure de dieu perché sur le mont Olympe, sa chevelure blonde est plus brillante que jamais. J'ai du mal à soutenir cette vision divine et finis par détourner le regard.

– Tu vas au QG ? je lui demande.

– En quelque sorte, marmonne-t-il.

– Tu n'as pas l'air convaincu !

Je sens une vague de chaleur me monter jusqu'aux joues lorsque j'arrive à sa hauteur pour le dépasser.

– J'attends quelqu'un ! poursuit-il.

J'ai comme la sensation d'une pique qui s'enfonce dans ma poitrine. *Il attend Cindy !* Pourquoi ne pas le dire ?

– Est-ce que tu vas à la fête de fin d'année ? me demande-t-il.

– Pourquoi cette question ?

– Je veux dire… tu y vas, accompagnée ? continue-t-il d'un ton curieusement décontracté.

Sa question m'irrite un peu plus. Je devine qu'un de ses copains désespérés cherche une cavalière. Mais qu'est-ce qui lui fait penser que je suis disponible ? Est-ce qu'il croit que je ne suis pas capable de trouver quelqu'un ?

– Non, je n'ai pas de rendez-vous ! je réponds en levant le menton. Mais c'est juste parce que je n'en ai pas envie.

– Tu préfères y aller seule ?

– Pourquoi ? C'est interdit par la loi ?

Pourquoi tout le monde agit comme si c'était grave de ne pas avoir de cavalier ? Il est tellement absorbé par l'idée d'accompagner Cindy au bal de promo qu'il ne peut imaginer qu'être seul, c'est bien aussi.

– Je suis bien comme ça ! je lui réponds en fixant son regard bleu profond.

Il finit par se décaler pour me laisser passer. J'arrive devant le bureau vide du webzine. Je me retourne vers Sam.

– Cindy n'est pas là ! lui dis-je.

– Oh ! me répond-il en détournant les yeux et en glissant ses mains dans les poches. Dans ce cas, je suppose qu'il faut que j'y aille !

– À bientôt ! fais-je en refermant la porte du bureau, quelque peu surprise par la tempête qui se déchaîne dans mon estomac.

Je m'assieds lourdement sur une chaise et allume le PC qui se trouve devant moi. Mon cœur bat comme si je venais de courir un cent mètres. Pourquoi le fait d'avoir un prétendant est-il devenu l'obsession de tous ?

J'ai l'impression d'être le dernier des dodos, attendant que les autres animaux traversent en couple la passerelle qui les conduit à l'arche de Noé.

– *Pourquoi je ne peux pas monter à bord ? se demande le dodo qui est en moi.*

– *Parce que tu es seule ! lui répond Noé.*

– *Mais je suis le dernier dodo vivant sur cette planète !*

– *C'est la vie..., c'est pas le paradis ! s'écrie Noé, en levant les bras au ciel et en me chassant du pied.*

Des picotements dans les doigts me font revenir à la réalité. Il est temps que j'écrive quelque chose. Pas la peine d'attendre une idée de génie. Je commence à taper frénétiquement sur le clavier de mon ordinateur.

Célibataire... Et alors ?

Le bal de promo est dans la ligne de mire. Comme tous les ados, vous n'avez plus qu'un objectif en tête : trouver un cavalier pour vous y accompagner. Vos hormones vous jouent des tours, chaque jour l'acné fleurit un peu plus sur votre visage et vous consacrez toute votre énergie à ce que les autres pensent de vous. Comme ce serait formidable que quelqu'un sur cette planète vous dise combien vous êtes splendide ! L'assurance d'un rendez-vous pour cet événement majeur serait la preuve irréfutable que tout va bien pour vous !

En tout cas, c'est ce que vous croyez !

Mais tout cela a-t-il vraiment l'importance qu'on lui accorde ?

L'amour revêt bien des formes et c'est souvent lorsqu'on s'y attend le moins qu'il vient frapper à votre porte. Il peut surgir au contact d'une personne que l'on croise pourtant depuis toute une année et qui, tout à coup, se révèle être bien différente de ce que l'on avait imaginé.

Pauvre Cendrillon. Elle qui croyait que son prince était charmant, loyal et gentil... Le blond de sa tignasse et le bleu intense de son regard avaient suffi à déchaîner sa nature passionnée. Et que dire de leur première danse lorsque, tournoyant devant un parterre de nobles, elle sentait que son cœur allait jaillir de sa poitrine tant il battait fort ?

Mais, lorsque le bal se termina, il n'y eut pas que son carrosse qui se transforma en potiron. Le prince charmant aussi redevint le garçon ordinaire qu'il était. Un gamin sans cœur et immature. S'il n'y avait eu cette fichue pantoufle de vair, la pauvre Cendrillon aurait pu l'oublier.

C'est cela que vous voulez ?

Pas la peine de vous faire des nœuds au cerveau si vous n'avez pas de partenaire pour le bal. Allez-y en mode célibataire. Certains de vos camarades de classe vous regarderont peut-être un peu bizarrement mais, s'ils sont célibataires eux aussi, ça leur passera rapidement. Et puis s'ils viennent accompagnés, aucun doute que vous vous amuserez plus qu'eux.

Pendant que les couples préalablement formés se dandineront sur le dance floor, *vous, vous changerez de partenaire quand ça vous chante. Et puis vous pourrez flirter ou simplement vous faire des amis. Vous serez parfaitement libre !*

Inutile de vous faire un sang d'encre au sujet de l'amour, parce que c'est un thème qui ne touche que les personnes âgées ou bien qui ne s'exprime que dans les contes de fées.

Arrêtez donc de vous tracasser pour le bal de fin d'année. Ça va être une fête sensationnelle. Ne commettez pas la même erreur que Cendrillon, restez célibataire et amusez-vous !

6

Une pluie battante fait un vacarme du diable en venant s'écraser sur la fenêtre de ma chambre. Tess est assise à même le sol, à côté de moi. Nous sommes cernées par des montagnes de livres. Je feuillette *Des souris et des hommes* en quête de citations qui viendront étayer ma rédaction.

Tess mâchouille la pointe de son stylo, les yeux dans le vague.

– Hier soir, j'ai essayé ma robe pour le bal, annonce-t-elle. C'est la première fois de ma vie que je porte une robe digne des princesses de Disney.

– Parfait ! je m'exclame en reportant un extrait dans mon cahier : « Un homme devient fou s'il n'a personne dans sa vie. »

Tess soupire bruyamment.

– Est-ce qu'un jour tu aurais pu imaginer que je porte une robe de princesse ?

– Pas vraiment, non ! je réponds en continuant de parcourir les pages.

Depuis que je connais Tess, elle a toujours été un garçon manqué. C'est en tout cas ce qu'elle était avant de rencontrer Jeff. Elle passe maintenant allègrement de la joueuse de foot qu'elle a toujours été à la poupée qui fait briller les yeux de son amoureux, comme un caméléon changerait de couleur.

Tess, qui n'a toujours pas ouvert son livre, s'exclame solennellement :

– Et maintenant, je suis fin prête pour aller au bal de promo avec Jeff Simpson !

– Génial ! je lance machinalement en repensant à ce que j'ai écrit dans mon article : *Inutile de vous faire un sang d'encre au sujet de l'amour, parce que c'est un thème qui ne touche que les personnes âgées ou bien qui ne s'exprime que dans les contes de fées.*

Les mots dansent dans ma tête lorsque soudain je m'imagine entrer au bal au bras de Sam.

– Ça t'intéresse pas toi, le bal de promo ? me demande Tess qui me fixe d'un regard interrogateur.

– Ce n'est rien de plus qu'une fête d'école !

– Oh ! Gemma, s'exclame-t-elle en s'agrippant à mon bras. Tu t'inquiètes parce que tu penses que Sav et moi allons passer notre temps avec Jeff et Marcus ? Mais tu te trompes ! On en a déjà parlé et il n'est pas question que tu te sentes exclue.

Je me vois en train de suivre les deux couples qui, à fréquence régulière, se retournent pour s'assurer que je vais bien.

– Tout va bien, tu sais ! Je n'ai pas besoin d'être accompagnée. Et puis, je peux toujours y aller avec Sally.

– Mais c'est Ryan qui l'accompagne, non ?

La nouvelle m'atteint comme un boulet de canon. *Quoi !*

– Tu ne le savais pas ? Il lui a demandé ce midi !

– Ah, génial ! je réponds sans le moindre enthousiasme.

Pourquoi ai-je laissé Jessica s'en mêler ? Après tout, je ne vais peut-être pas y aller, à ce bal de promo. J'aurais la sensation d'être une saucisse végétarienne sur le gril d'un barbecue, qui se dessécherait doucement mais sûrement, tandis que les convives se jettent sur les hamburgers bien saignants.

– Ça va être cool, Gemma ! me promet Tess. Je pensais que tu avais hâte d'y aller !

– C'était le cas, j'avoue. Mais plus on s'en rapproche…

Je m'interromps. Devrais-je vraiment lui dire ce qui me chiffonne ? Devrais-je lui avouer que, secrètement, j'espérais y aller avec Sam ?

– Qu'est-ce qui t'arrive ? me demande-t-elle comme si elle était parvenue à lire dans mes pensées.

– Je voulais juste…

Au moment de me confesser, la porte de ma chambre s'ouvre.

– Gemma !

C'est Ben qui fait irruption, vêtu de son pyjama de Spiderman. Ses cheveux sont humides.

– Est-ce que tu pourrais me lire une histoire avant de me coucher ? Maman est au yoga et papa regarde le match de foot.

– Bien sûr ! je réplique en refermant mon livre.

L'arrivée de mon frère tombe à pic. Il sera toujours temps de parler de Sam avec Tess, après le bal.

– Attends ! Attends ! s'écrie Tess en m'attrapant par la main. Qu'est-ce que tu voulais me dire ?

– Rien d'important ! je lui mens.

– Vraiment ?

– Oui oui !

Ben donne des petits coups de pied dans le bas de ma porte.

– Gemmaaa ! geint-il.

– Va dans ta chambre… J'arrive dans une minute.

Ben s'exécute et part en courant.

Tess me prend dans ses bras.

– À demain, Gem ! me dit-elle.

Son regard trahit sa préoccupation.

– Tout va bien… vraiment !

Je laisse Tess descendre l'escalier et me dirige vers la chambre de Ben. J'attrape un livre sur la pile posée sur sa table de chevet.

– Non ! hurle-t-il. Un autre. Je veux une histoire de super-héros !

Je souris. Pas de doute, c'est plus amusant que la rédaction sur laquelle j'étais concentrée.

– Il était une fois…, je commence, un super-héros qu'on appelait Elastic Ben.

– C'est moi ?

– Oui !

– C'est quoi mon super-pouvoir ? me demande Ben en remontant sa couette jusqu'à la moitié de son visage dont les grands yeux ronds brillent d'impatience.

– Devine !

– Je suis élastique !

– Super élastique ! Un jour qu'Elastic Ben se promenait dans son appartement de super-héros…

– Mais les super-héros ne vivent pas dans des appartements, m'interrompt Ben.

– Bien sûr que si ! Ils ont même des appartements immenses avec une vue imprenable sur Central Park, c'est bien connu ! C'est là qu'Elastic Ben vit avec sa sœur, Gemmanator.

– Et elle, c'est quoi son super-pouvoir ?

– Elle est très forte et n'a peur de rien ! je poursuis en m'installant plus confortablement sur le lit de mon petit frère. Un jour, Elastic Ben s'amusait à se suspendre depuis le balcon du dernier étage. Grâce à ses super-pouvoirs, il pouvait toucher le sol avec ses pieds alors que ses mains étaient encore agrippées tout en haut de l'immeuble.

– Ça doit être cool ça ! me coupe Ben, impressionné. Ça veut dire que je peux m'étirer comme un élastique ?

– Exactement ! Et rebondir comme un ballon.

– Et qu'est-ce qui se passe ensuite ?

– Soudain… !

Je marque une pause pour ménager le suspens. Les yeux de Ben sont grands ouverts.

– Quoi ? me fait-il, surexcité.

– Les gens qui marchaient dans la rue se trouvent paralysés sur place, figés par un rayon de glace qui s'abat sur eux. Et c'est bientôt toute la ville qui subit le même sort.

– Et Elastic Ben ?

– Il remonte aussitôt sur le balcon et se précipite à l'intérieur de l'appartement en hurlant : « Gemmanator ! Il se passe quelque chose ! Tout s'est arrêté dehors ! » Le super-héros cherche sa sœur dans toutes les pièces, mais elle reste introuvable.

– Est-ce qu'elle a été congelée, elle aussi ? réagit Ben, toujours pelotonné sous sa couette.

– Non, non ! Elle est sur le toit, dans une petite cabane super secrète depuis laquelle elle passe toute la ville aux rayons X. Ben monte à son tour sur le toit et pénètre dans la cabane.

– Mais est-ce qu'elle a vu quelque chose avec les rayons X ? veut savoir Ben.

– Elle voit une immense créature, une poupée Barbie grande comme le plus haut building de la ville, qui lance des rayons de glace par les yeux. Tout ce qu'ils touchent est figé sur place.

– Mais elle vient d'où ? demande Ben au comble de l'excitation.

– De l'espace. Elle s'appelle Cindytron, c'est la reine machiavélique d'un peuple de poupées tueuses qui n'ont qu'un objectif : transformer en glace toute la galaxie.

– Il faut la détruire ! hurle Ben.

– Ça ne va pas être aussi simple. Si Elastic Ben ou Gemmanator sont touchés ne serait-ce que par une particule du rayon glacé, c'en est fini d'eux ! Gemmanator évalue la situation et attrape son sac à main.

– Mais n'importe quoi ! Les super-héros n'ont pas de sac à main !

– Gemmanator, si ! je poursuis sur ma lancée. Elastic Ben, quant à lui, se balance dans le vide depuis le balcon. Gemmanator grimpe sur le dos de son frère qui étire ses jambes jusqu'au sol. En moins de temps qu'il n'en faut pour le dire, les deux super-héros sont déjà à courir dans la rue. Elastic Ben fait des pas de géant grâce à ses jambes d'une flexibilité inouïe et Gemmanator suit la trace de son frère en slalomant entre les passants congelés. Au détour d'un coin de rue, ils évitent de justesse un jet de glace qui transforme instantanément le bitume en patinoire. Ils plongent derrière une voiture pour se protéger. Cindytron se tient devant eux. Elle passe les rues en revue, en quête des super-héros qu'elle est venue détruire. « Hisse-moi sur sa tête », hurle Gemmanator. Plus vif que l'éclair, Elastic Ben s'étire pour atteindre la même taille que Cindytron. Gemmanator bondit sur les épaules du monstre pendant qu'Elastic Ben reprend sa taille normale et évite tant bien que mal les rayons malfaisants. Folle de rage, Cindytron se débat comme un diable tandis que Gemmanator s'agrippe à ses cheveux.

Ben s'accroche encore plus fort à son duvet.

– Vas-y, Gemmanator ! crie-t-il.

– Une fois Gemmanator arrimée sur la tête de son ennemie, elle sort un miroir de son sac à main qu'elle place devant les yeux de Cindytron. Cette dernière, hors d'elle, lance un terrible rayon de glace, immédiatement renvoyé sur elle-même par le miroir. Dans un hurlement assourdissant, Cindytron vacille puis s'écroule sur le sol, entraînant Gemmanator dans sa chute. Mais Elastic Ben, qui a assisté à toute la scène, se précipite pour amortir le choc de sa sœur en se transformant en trampoline. Sous l'impact, Gemmanator rebondit une fois, puis vient se poser comme une fleur sur le pavé de la rue. Soudain, Cindytron, qui gît au sol, transformée en un énorme morceau de glace, se met à hurler. Et puis, tout à coup, elle explose en milliards de particules et une pluie de grêlons s'abat sur la ville.

– Mais les habitants… ils sont toujours congelés ? s'inquiète Ben.

– Au moment même où Cindytron est détruite, tous les habitants sont instantanément décongelés.

– Ça veut dire qu'on a sauvé la planète ! hurle Ben.

– Oui, on l'a fait ! je m'exclame en disposant l'oreiller sous sa tête. On est invincibles.

Ben est fou de joie.

– Allez, petit frère, c'est l'heure de dormir maintenant.

Ben ferme les yeux et repousse une mèche qui lui tombait sur la joue. Je l'embrasse sur le front.

– Bonne nuit, Ben !

J'entends déjà sa respiration devenir plus profonde et régulière. J'éteins sa lampe de chevet.

Comment puis-je être aussi préoccupée par ce bal futile lorsque mon propre frère est atteint d'une fibrose pulmonaire qui nous tétanise de peur chaque fois qu'il tousse ou qu'il éternue ? Ben est très sensible à la moindre infection. L'une d'elles pourrait un jour le tuer. Pour le moment, tout va bien. Cela fait des mois qu'il n'a pas souffert d'une infection des poumons. Et il a grandi d'un centimètre depuis Pâques.

Avant de refermer la porte de sa chambre, je regarde Ben blotti dans son lit. Je sens jusque dans mes moindres cellules tout l'amour qui m'envahit, ardent et protecteur. Je prendrai toujours soin de lui.

Et puis, je vais arrêter avec cette obsession idiote au sujet de Sam. Ben, ma famille et mes amies comptent tellement plus !

7

C'est en sortant de la maison que je me rends compte qu'il pleut des cordes. Je marque une pause sur le perron.

Mes cheveux !

Je suis debout depuis cinq heures pour dompter mes boucles sauvages, mais cette satanée pluie va saccager tout mon travail.

J'ouvre mon parapluie, ferme le zip de mon blouson et mets ma capuche. Ma montre indique six heures trente-sept. L'autobus ne devrait pas tarder à arriver.

Je prends la direction de l'arrêt de bus, une boule au ventre. Je devrais être contente d'aller à un défilé de mode, mais l'idée d'avoir Cindy et M. Harris pour escorte ne me réjouit pas tellement.

Savannah m'a prêté une jupe, histoire de porter autre chose que mon uniforme une fois arrivée sur place. Je dois avouer que j'ai bien aimé me regarder dans le miroir ce matin.

Au moment d'arriver sur le trottoir, une bourrasque de vent retourne mon parapluie. Occupée à lutter pour le garder ouvert au-dessus de ma tête, je n'entends pas le bus approcher. Trop tard ! Il passe devant l'arrêt sans même ralentir.

Je vais être en retard. Prise de panique, je cours vers l'arrêt suivant sans me rendre compte que je fonce droit sur une passante qui, malgré la pluie, est en train de promener son chien. La laisse tendue me cingle les jambes et je m'étale de tout mon long dans l'herbe détrempée. Je ne sais pas si c'est de douleur ou de rage, mais j'ai une envie irrépressible de hurler.

– Tout va bien, ma chérie ? me demande la dame qui s'est agenouillée à ma hauteur en m'aidant à me relever.

Elle se confond en excuses en s'emparant de mon parapluie qui n'est plus qu'un amas informe de tiges métalliques et de bouts de Nylon.

Il est maintenant six heures quarante-cinq.

Je boite jusqu'à la poubelle la plus proche dans laquelle je jette ce qui reste de mon parapluie.

La pluie bat mon visage. Une mèche de mes cheveux s'est détachée et s'est collée sur ma joue. Je reprends ma course. Encore heureux que je porte des chaussures plates !

Vingt minutes plus tard, j'arrive au collège. Cindy fait les cent pas devant le portail.

– Tu es en retard ! aboie-t-elle.

Je vérifie ma montre. Elle indique sept heures cinq.

– J'ai raté mon bus !

Cindy marque une pause et me scanne de la tête aux pieds, l'air choqué.

– Est-ce que tu sais au moins qu'Anna De Vine sera là ?

– Anna De Vine ? C'est qui ?

– Anna De Vine, répète-t-elle plus fort comme si le fait d'élever la voix m'aidera à mieux comprendre. C'est la critique de la revue *Icon*. Comment est-il possible que tu n'aies jamais entendu parler d'elle !

Je préfère m'abstenir de lui dire que c'est aussi la première fois que j'entends parler de ce magazine.

Cindy se donne une tape sur le front avec le plat de la main.

– Gemma ! Gemma ! Gemma ! me fait-elle en hochant la tête. Mais sur quelle planète vis-tu ?

– Je ne sais pas ! je réponds en sentant une vague de panique me submerger.

Je viens d'apercevoir mon reflet dans la porte vitrée de l'entrée et ce que je découvre m'horrifie.

Mais mon reflet disparaît au moment où la porte s'ouvre, laissant apparaître M. Harris qui sort du bâtiment.

– Vous êtes prêtes, les filles ?

Il ne fait aucun commentaire sur mon apparence. Je les suis tous les deux tandis qu'ils se dirigent vers la voiture. En ouvrant la portière arrière, je constate que la banquette est recouverte de journaux et de poils de chien.

– Ça te pose un problème si je m'assieds devant ? me demande Cindy, mais c'est à M. Harris que s'adresse son sourire mielleux. Je suis malade en voiture, précise-t-elle.

– Pas de souci ! fais-je en reproduisant le sourire de Cindy.

M. Harris ouvre sa voiture et je m'installe en poussant les journaux qui jonchent la banquette.

Cindy ajuste son siège dont je finis par avoir le dossier collé contre mes genoux.

– Pardon, Gem ! lance-t-elle en ouvrant le pare-soleil pour vérifier son maquillage.

Lissant d'un doigt ses sourcils, elle ne prête pas plus d'attention à mes gesticulations pour libérer mes jambes. Ce que je finis par réussir non sans avoir perdu une chaussure au passage. Je parviens à la récupérer, mais elle est trempée et je décide de la faire sécher avec l'autre chaussure sur la tablette.

– Mais qu'est-ce que tu fabriques ? s'énerve Cindy.

– J'essaie de sécher mes vêtements ! j'explique en bouclant ma ceinture.

– C'est pas franchement un temps de juillet ! commente M. Harris en démarrant la voiture.

Nous gagnons bientôt la voie rapide. Cindy sort son téléphone et y lit les dernières infos.

– Il fait beau à Londres ! s'exclame-t-elle.

– Dieu merci ! répond M. Harris tandis qu'un camion nous dépasse en projetant sur le pare-brise une énorme gerbe d'eau.

La météo ne s'est pas trompée. Vers huit heures, le ciel s'est entièrement dégagé.

Le téléphone de Cindy émet des petits bips tandis qu'elle saisit quelque chose sur son clavier. Elle envoie ainsi des messages depuis que nous sommes engagés sur l'autoroute. Elle pouffe soudain de rire.

– Sam est tellement drôle ! s'exclame-t-elle.

Son commentaire n'ayant entraîné aucune réflexion de notre part, elle insiste :

– Je veux dire il est *vraiment* marrant !

M. Harris intervient :

– Gemma ? Tout va bien derrière ?

– Oui, monsieur Harris, tout va bien ! je le rassure, même si l'air qui s'engouffre dans la voiture a eu raison de ce qui restait de ma coiffure.

Un coup d'œil dans le rétroviseur me confirme ce que je craignais. Je ressemble maintenant à une sorte de Bozzo le clown qui se réveillerait d'une nuit de fête.

– Est-ce que tu peux te décaler un peu, s'il te plaît, Gemma ? Il faut que je puisse voir ce qui arrive derrière !

– Désolée ! je réponds en me rasseyant correctement sur la banquette.

Cindy me montre son téléphone.

– Gemma ! Sam me demande de te dire de rester dans les coulisses cette fois. Il me dit de te tenir éloignée des tambourins. Qu'est-ce qu'il veut-il dire par là ?

Je fais mine de ne pas comprendre.

– Aucune idée !

Je me souviens alors de ce qui s'était passé pendant le concert des Hardwired dans la boîte de nuit. C'est le groupe de Sam, et il se produisait sur scène pendant que j'étais dans les coulisses. J'aidais Will à découvrir les activités illicites de Dave Wiggins. Pour fuir les sbires de Wiggins, j'avais débarqué sans prévenir sur scène. Devant une foule qui hurlait, je m'étais emparée d'un tambourin et j'avais improvisé une danse qui m'avait permis de traverser la scène, de rejoindre les coulisses et d'appeler la police.

Cindy se hâte de répondre à Sam.

– Je suis en train de lui dire que tu as adopté un look complètement décalé, même pour un Londonien branché ! me fait-elle.

Puis subitement, elle s'arrête et me dit :

– Oh mon Dieu… Dis-moi que tu as pris un peigne avec toi !

– Si je me peigne, ça va être pire, dis-je en marmonnant.

– Je sais pas, moi… Tu peux pas les mouiller, par exemple ?

– C’est justement parce qu’ils ont été mouillés qu’ils sont comme ça maintenant !

Cindy se retourne et revient à l’écran de son téléphone en prenant sa tête dans une main.

– Essaie de faire quelque chose et reste dans les coulisses, Gemma !

M. Harris intervient.

– Tes cheveux sont splendides, Gemma. Tu me fais penser à Tess d’Urberville.

– Plutôt à George de la jungle ! complète Cindy à voix basse.

Cindy recommence à écrire sur son téléphone qui émet un son joyeux chaque fois qu’elle envoie ou reçoit un nouveau message.

Sont-ils tous de Sam ? Est-ce qu’elle lui manque à ce point ?

Une boule de tristesse s’installe au creux de mon estomac comme un cheeseburger mal digéré. Je suis tellement déçue, moi qui pensais que Sam aurait vu en elle toute la perfidie de la Reine des glaces. Je ferme les yeux et me laisse aller à la douceur des premiers rayons du soleil. Mon réveil très matinal commence à avoir raison de mon énergie… La somnolence me guette. Le ronronnement du moteur me berce et je sens mes paupières se fermer doucement.

– Hey ! Tu es avec nous ?

C'est Cindy qui, tout à coup, se met à me secouer par les épaules. Je constate que la portière de la voiture est ouverte et que Cindy me fixe de ses yeux froids.

– Bien sûr que je suis avec vous !

M. Harris est appuyé contre le capot. Derrière lui, des rangées de voitures garées s'étendent jusqu'à un immeuble particulièrement laid.

– Le défilé commence à neuf heures et demie, déclare Cindy en regardant sa montre. Il faut nous dépêcher et trouver des toilettes pour que tu puisses te changer et t'arranger un peu.

M. Harris s'amuse avec ses clés.

– Je vous attends là !

– Vous ne venez pas avec nous ? je demande, surprise.

– Je préfère faire mes mots croisés ! répond-il en pointant du doigt la grille de son journal. C'est davantage ma tasse de thé. Mais je suis là en cas de problème.

– Il n'y aura pas de problème ! l'interrompt Cindy.

Elle effectue un pas en arrière et me fait signe de la suivre avec la main. Je préfère ne pas remarquer le bracelet qu'elle porte au poignet et qui émet des petits tintements chaque fois qu'elle bouge le bras.

– Oh ! Bon sang ! s'énerve-t-elle. Tu t'es endormie sur la ceinture de sécurité et maintenant tu as une marque rouge sur le cou.

Elle s'éloigne, l'air exaspéré. Je la suis.

J'ai la sensation que ma jupe a encore rétréci. Je tire sur son ourlet dans l'espoir de l'allonger de quelques millimètres, avant d'arriver devant l'entrée du bâtiment. Mes collants sont déchirés et mes ballerines maculées de boue. Cindy pousse la porte d'entrée sans même me jeter un regard et je manque de me la prendre en pleine tête lorsqu'elle la lâche. Elle montre nos invitations aux gardiens et je scrute le décor. Je sens mon cœur s'emballer. Une dizaine de jeunes femmes, toutes dépassant le mètre quatre-vingts, et des hommes vêtus de costumes impeccables attendent le début du défilé. J'ai le sentiment d'être arrivée dans une fête de la jet-set où je suis la seule à être déguisée. Une grande affiche orne le hall.

Anna De Vine

Sous les lettres dorées, l'immense portrait d'une femme. Elle est très maquillée et on dirait que la peau de son visage est tirée en arrière par un élastique.

– Voilà ta carte de presse ! me lance Cindy en me tendant un badge.

Elle accroche le sien à son chemisier et scrute les alentours.

– Pourriez-vous m'indiquer les toilettes pour dames, je vous prie ? demande-t-elle à une hôtesse derrière un comptoir.

La femme pointe du doigt une volée de marches derrière elle qui descendent dans les entrailles du bâtiment.

– Va te refaire une beauté ! m'ordonne Cindy en désignant l'escalier. Je t'attends dans le hall. Ne perds pas ton badge, d'accord ?

Son regard me glace sur place.

– Entendu ! je réponds.

Arrivée au bas de l'escalier, l'ambiance est feutrée, la lumière tamisée. Dans le couloir qui mène aux toilettes, une petite pancarte est accrochée, sur laquelle il est écrit : Mannequins. Les toilettes des coulisses doivent être dans cette direction. Je suis la pancarte et emprunte un étroit couloir.

Dames.

Une autre pancarte pointe vers une porte vert sombre. Ça doit être les toilettes. Je pousse la porte et commence à fouiller dans mon sac en quête de ma brosse à cheveux. Je trouve qu'il fait bizarrement chaud dans cette pièce. De plus, c'est bien trop bruyant pour des toilettes. Je lève alors les yeux et découvre une série de miroirs sur les murs et un attroupement de jeunes femmes qui s'agitent frénétiquement, se coiffent, se maquillent, agrafent des robes, enfilent des chaussures à talons. Elles sont toutes immenses et d'une beauté à couper le souffle. Je reste là, pantoise. J'ai l'impression d'être une exploratrice qui vient de tomber sur une tribu de guerriers qui se préparent au combat.

– Ferme cette porte, bon sang ! me hurle un colosse en uniforme.

Je m'exécute. Tous les regards dans la pièce se portent soudain sur moi. Je jette alors un œil à mon reflet dans un miroir installé à l'autre bout de la pièce. Mon rythme cardiaque accélère. On m'a zombifiée ! Collants déchirés, veste froissée, le visage barbouillé de maquillage, je ne ressemble plus à rien ! Et que dire de mes cheveux qui ont doublé de volume et ont pris une forme totalement improbable ? La pièce est soudainement devenue silencieuse

– Salut ! dis-je dans un souffle.

Pendant une seconde, le temps s'est suspendu. Quelque part, une épingle à cheveux tombe au sol et le bruit qu'elle fait me paraît assourdissant.

8

Un homme vêtu d'une chemise pourpre s'avance vers moi. Coiffure impeccable, visage de bébé, sa chemise est parfaitement assortie à son pantalon rouge.

– Chérie ! s'exclame-t-il, tout excité.

Je recule et me trouve dos à la porte tandis qu'il me rejoint à la vitesse d'une fusée.

– Tu dois être Radical ! m'affirme-t-il en me faisant la bise sans même toucher mes joues.

– Radical ?

– Tu es détonante avec ton look de collégienne, chérie ! poursuit-il en attrapant mon coude et en m'entraînant dans la salle.

Les mannequins me laissent passer mais je sens leur regard pesant. Je perçois leur envie de me découper en tranches et je prie l'Univers pour que l'homme en pourpre ne me donne pas en pâture à ces bêtes sauvages. J'ai la sensation désagréable d'être un petit poisson-clown dans une piscine infestée de requins.

– Assieds-toi là ! m'invite l'homme qui me guide vers une chaise. Tu es bien installée, chérie ?

Il fait pivoter la chaise et je me retrouve face à un miroir. Mon maquillage saccagé et ma coiffure chaotique sont plus terrifiants que ce que je pouvais imaginer.

L'homme en pourpre lève les bras.

– Allez, mesdames ! Souhaitez la bienvenue à Radical, la star de notre show !

À l'unisson, les mannequins applaudissent. De grands sourires se dessinent sur leurs visages. Ils me sont adressés, mais c'est sur l'homme que leurs regards sont braqués. Indéniablement, c'est le chef de la meute. Une partie de moi m'invite à me confesser. *Je ne suis pas Radical. D'ailleurs, je ne sais même pas qui est Radical !* Mais une autre part de moi, celle qui contrôle ma voix, semble figée par le choc.

– On va te préparer, chérie. Le défilé débute dans quinze minutes, nous avons tout juste le temps.

Une nuée de femmes se rue sur moi, les unes équipées de sèche-cheveux, les autres de nécessaires de maquillage.

Les mannequins sont retournés à leur habillage et à leurs bavardages. On entend les palpitations d'une musique qui résonne de l'autre côté du mur. Une femme un peu boulotte tire sur une mèche de mes cheveux et l'enroule sur un bigoudi. Une grande blonde filiforme se penche vers moi pour enduire mon visage de crème. Je ferme les yeux et la bouche. Je sens mon cœur battre à tout rompre.

– J'adore ton maquillage « chic-minable » ! s'extasie-t-elle d'une voix rauque. Mais ça ne colle pas avec le look de ce défilé. Tu vas voir, je vais te faire belle en un rien de temps.

Tandis qu'elle s'affaire sur mon visage, je sens le parfum de ses cheveux me chatouiller le nez. Elle pose un linge humide sur mon visage. Qu'est-ce que je fais assise là ? Il faut que je lui dise la vérité.

– Je ne suis pas Rad...

Mais la grande blonde se met à me tartiner une couche de fond de teint sur les joues. J'ai juste le temps de fermer la bouche pour éviter d'en avaler. Le fond de teint efface toutes les petites imperfections de ma peau, pour me faire ressembler à une poupée. Mes cheveux aussi sont en train de subir un traitement de choc. La petite femme replète travaille dur pour venir à bout de mes boucles récalcitrantes.

La grande blonde s'arme maintenant d'une palette de couleurs et se met littéralement à me peindre le visage.

– Ouvre la bouche ! ordonne-t-elle avant d'enduire mes lèvres de rouge. Ferme les yeux !

J'obéis docilement. Elle vient alors me coller une paire de faux cils.

Je sens les poils d'un petit pinceau en train de lisser mes cils.

– N'ouvre pas les yeux maintenant… Il faut leur laisser le temps de sécher.

Tandis qu'elle commence à travailler mes joues, je me dis que ça ne peut plus durer et qu'il faut que je m'échappe. Je peux peut-être profiter d'un moment d'inattention et me faufiler par le chemin que j'ai emprunté pour arriver jusqu'ici.

C'est alors que l'homme à la chemise pourpre, qui s'est posté juste derrière moi, s'écrie :

– *Bellissima !*

J'ouvre les yeux pour regarder le reflet d'un mannequin dans le miroir. Elle est magnifique.

Ses cils noirs sont immenses, ses lèvres sont pulpeuses et brillent d'une couleur chatoyante. On dirait que ses pommettes ont été sculptées dans le marbre. Et que dire de ses cheveux ! Ramenés sur le haut de la tête, ils sont aussi brillants que ceux que l'on a l'habitude de montrer dans les pubs pour les shampoings.

Je marque quelques secondes de pause pour admirer cette image avant de me rendre compte que cette jeune femme..., c'est moi !

– Tu es splendide, Radical ! s'esclaffe l'homme en pourpre. Ta robe est prête.

Je me lève et me tourne vers une jeune femme brune qui tient entre ses mains une robe que l'on croirait faite d'or liquéfié.

– C'est la taille parfaite ! commente-t-elle en plaçant la robe devant moi. Il faudra juste la reprendre un tout petit peu dans le dos.

Des mains expertes retirent les vêtements de collégienne que je porte et je me retrouve en sous-vêtements en quelques secondes.

La petite femme tient la robe ouverte devant moi et, presque inconsciemment, je l'enfile sans quitter des yeux le reflet de mon image dans le miroir. C'est la plus belle robe que j'ai eu l'occasion de voir dans ma vie. Le drapé d'or habille mes hanches et épouse mon buste comme une armure divine. Le tissu doré illumine mon visage et met merveilleusement en valeur ma nouvelle coiffure.

– Chaussures ! ordonne la brunette à une autre jeune femme qui s'approche.

Elle tient une paire de chaussures à talons dorées, d'au moins douze centimètres de haut. Je les regarde, effarée.

– Mais je ne peux pas… Je ne suis pas Radic…

– Allez ! Allez ! me houspille la jeune femme brune.

– Non vraiment… Je ne suis pas…

Personne ne m'écoute. Je sens des mains qui me tiennent les épaules pendant que la brunette s'accroupit et me saisit un pied. Elle le glisse dans une des chaussures dorées.

– C'est trop petit ! je m'exclame.

À cet instant, je comprends ce que la sœur hideuse de Cendrillon a éprouvé lorsqu'on lui a passé le soulier de vair.

– Bien sûr que non ! répond la brunette en fermant les brides tandis que mes orteils s'écrasent au bout de la chaussure.

Comme une vendeuse sadique, elle enfourne mon autre pied dans le second escarpin. Je me sens tout à coup perchée au-dessus de la foule. Le sol me paraît si loin ! Je suis à cet instant à peu près aussi grande que les autres mannequins. Mais comment font-elles pour respirer à des altitudes si élevées ? Je me mets à inspirer plus vite, proche de l'hyperventilation. Je tente tant bien que mal de me calmer et de me concentrer, mais l'exercice est difficile.

Des mains me guident vers l'endroit où je suis maintenant censée attendre la suite des événements. Devant moi, les mannequins disparaissent l'une après l'autre derrière un rideau épais. Je sais qu'au-delà de ce rideau des flashs d'appareils photo crépitent sur une musique qui retentit plus fort à mesure que j'avance. Je sens mes jambes se dérober.

– Je ne peux pas faire ça ! je gémis.

L'homme en pourpre apparaît à côté de moi.

– Bien sûr que tu le peux, chérie ! Tu es divine ! me dit-il doucement en me poussant derrière le rideau.

J'entrevois soudainement la piste devant moi, illuminée par une pluie de flashs. Un tonnerre d'applaudissements résonne dans le hall.

Plus aucun doute : je suis sur le podium !

9

Je suis littéralement tétanisée par la peur. Les mannequins défilent le long de l'estrade et, arrivées au bout, font demi-tour et reviennent en déambulant avec l'élégance du chat.

Je sens mon rythme cardiaque accélérer à mesure que s'approche le moment où je vais devoir suivre cette armée de poupées.

L'invasion des Cindytrons.

Je les regarde disparaître les unes après les autres derrière le rideau qui sépare la scène des coulisses. Et puis, tout à coup, je me retrouve seule sur le podium sous un tonnerre d'applaudissements.

– C'est à toi ! s'exclame l'homme en pourpre qui me pousse sur la scène. C'est toi la star du show.

Encore une fois dans ma vie, je me retrouve sur scène. Mais cette fois, je n'ai pas de tambourin pour me sauver de ce mauvais pas.

Aidez-moi, je vous en prie !

J'ai l'impression d'être perchée sur des échasses et que, au premier pas, je vais m'écrouler devant tout le monde.

Qu'est-ce que m'a dit Savannah ?

J'essaie de me souvenir de ses conseils.

Tu es un top model, pas un funambule. Lève un peu la tête, ramène les bras près de ton corps et balance-les subtilement !

Je dégage mes épaules et avance sur la piste. La foule est debout, les flashs crépitent dans toute la salle.

J'aurais bien voulu que Sam soit là. Il aurait bien ri.

J'imagine le sourire chaleureux qu'il m'adresserait pour m'encourager. Je lève le menton et me lance.

Je suis Gemmanator.

Sans savoir comment, je marche comme un félin au rythme de la musique. Les applaudissements accompagnent chacun de mes pas. La terreur qui m'avait envahie se transforme en une excitation que je parviens à peine à contrôler. C'est génial !

Arrivée au bout du podium, je marque une pause et fais un grand sourire aux photographes qui mitraillent la scène.

Je suis un top model !

Mais la situation ne tarde pas à tourner au cauchemar : tout à coup, je sens le sol se dérober sous mes pieds, au moment où je m'apprêtais à pivoter.

Non !

Mon cœur est prêt à exploser lorsque je vacille. Dans un mouvement de panique, je me mets à battre des bras comme si je cherchais à m'envoler. Mais rien n'y fait ! Prise dans mon élan, je m'envole et atterris sur une dame assise au premier rang, qui se met à hurler sous l'impact.

Je lutte pour me relever et m'excuse, rouge de honte :

– Pardon ! Je suis désolée !

Un silence de mort plombe la salle. La musique s'est arrêtée et l'on n'entend plus que le crépitement des flashs. Je reconnais alors Cindy, assise dans l'allée. À en juger par le regard qu'elle me jette, il ne fait aucun doute qu'elle m'a reconnue.

Visiblement, ma nouvelle carrière n'est pas pour la ravir.

Je regarde maintenant la dame sur laquelle je me suis effondrée. C'est la même que celle qui est en photo dans le hall d'entrée.

Anna De Vine.

Je suis mortifiée et je voudrais disparaître dans un trou de souris.

– Je suis désolée ! Je suis tellement désolée ! je répète, incapable de prononcer autre chose.

Anna De Vine me dévisage. Les traits de son visage sont encore plus tendus qu'ils n'apparaissent sur la photo. Probablement le choc !

Je voudrais rentrer à la maison en courant et me cacher dans le lit de Ben pour lui lire une histoire. C'est tout ce que je demande !

Je suis Gemmanator.

Qu'est-ce que mon petit frère voudrait que je fasse ? Il me dirait assurément de me relever la tête haute.

Je suis invincible.

Je m'accroupis pour défaire les brides de mes chaussures. Je remonte ma jupe au-dessus des genoux et grimpe sur le podium pour me retrouver seule, face au public. Sans me décourager, j'arbore un immense sourire et m'incline dans une révérence gracieuse. Contre toute attente, la foule éclate en applaudissements et la musique jaillit de nouveau des haut-parleurs. Chargée par cette énergie qui explose subitement, je monte sur la pointe des pieds et me mets à avancer le long du podium en me déhanchant telle une tigresse. Après quelques instants, j'arrive au bout de l'estrade. Le rideau s'ouvre et l'homme en pourpre ouvre grands les bras pour m'accueillir.

– Ma chérie ! Mon trésor ! s'écrie-t-il, au comble de l'excitation.

Il m'attrape par les épaules et m'attire contre lui pour me serrer dans une embrassade chaleureuse.

– Quel style !

Je jette un œil dans la salle : Anna De Vine est debout, elle applaudit comme le reste de l'assistance. Elle est entourée d'une foule de *fashion victims* comme seules les grandes villes de la mode savent en produire, mais c'est dans ma direction qu'elle regarde. Nos regards se croisent soudain.

Est-ce qu'elle vient de me faire un clin d'œil ?

Je lui souris et lui renvoie son petit signe.

Je regarde alors Cindy. Elle est toujours assise dans l'allée, l'air renfrogné. Il est temps pour moi de m'éclipser.

L'homme en pourpre a été happé par les autres mannequins qui félicitent joyeusement leur leader. Je passe discrètement devant l'attroupement et me dirige vers le salon d'habillage. Je vérifie que personne ne s'y trouve.

Je m'empresse d'enlever ma robe. Deux minutes me suffisent à retrouver mon apparence de collégienne. Tandis que je suis en train d'enfiler mes ballerines, j'entends des voix qui s'avancent en direction des coulisses.

Je m'échappe en un éclair dans le couloir, puis grimpe quatre à quatre les marches de l'escalier qui conduit à l'accueil.

Cindy s'y trouve déjà. Son visage est cramoisi par la colère.

– Peux-tu m'expliquer ce que tu fabriquais ?

Je souris en haussant légèrement les épaules.

– Je défilais ! je réponds modestement, trop heureuse pour m'en excuser.

Pardon du peu, mais je viens tout de même d'échanger un clin d'œil avec Anna De Vine !

La femme postée derrière le comptoir intervient :

– Tout va bien ? s'enquiert-elle.

Je lui souris.

– Ça ne peut pas aller mieux !

Je me dirige vers la porte de sortie. Cindy déboule sur moi comme un ouragan.

– Je te signale que tu étais censée prendre des notes ! fulmine-t-elle.

J'essaie de comprendre la raison de sa colère, mais c'est elle qui devance ma question :

– Tu nous as tous humiliés : moi, toi, tout le collège...

– Personne ne savait qui j'étais ! je proteste en slalomant entre les voitures garées.

Je vois au loin le coude de M. Harris qui émerge de la fenêtre de sa portière.

– Ils m'ont confondue avec un top model qui s'appelle Radical ! dis-je joyeusement.

– *Toi ?* enrage Cindy. Comment auraient-ils pu te confondre avec Radical ?

– C'est aussi ce que je me suis dit ! je réponds sur un ton désinvolte.

De toute façon, rien ne pourra me faire redescendre du petit nuage sur lequel je suis perchée. Je me remémore avec délectation ces instants passés à marcher voluptueusement devant un parterre de spécialistes qui applaudissaient à tout rompre. S'il existait une épreuve de l'événement le plus cool aux jeux Olympiques, c'est sûr, je gagnerais la médaille d'or.

– J'ai eu beau essayer de leur dire qu'ils me confondaient avec quelqu'un d'autre, ils m'ont embarquée, m'ont bouclé les cheveux, maquillée et habillée sans que je puisse dire un mot. Je n'ai pas eu le choix !

– T'as pas besoin qu'on te boucle les cheveux ! répond-elle, méprisante.

Faisant mine d'ignorer la rage de Cindy, je me dirige vers la voiture et monte à l'arrière.

– Nous avons fini, monsieur Harris ! dis-je joyeusement.

M. Harris se tourne vers moi, une expression de surprise se lit sur son visage.

– Mon Dieu ! Mais que t'est-il arrivé ?

Cindy ouvre la portière passager, monte à bord et s'affale sur le siège.

– Gemma a décidé de saboter le show ! grogne-t-elle.

– Je croyais que vous étiez là en spectatrices ! s'étonne M. Harris.

– C'est ce que j'ai fait ! répond Cindy en croisant les bras. Mais Gemma avait visiblement d'autres projets.

Ses mots sont si aiguisés qu'ils pourraient trancher une pièce de bœuf.

– Je n'avais aucun « projet » ! dis-je en haussant le ton. Ça s'est passé sans que je ne puisse rien faire.

– Ouais…, c'est ça !

La tension entre nous est palpable et M. Harris décide de changer de sujet. Il démarre la voiture.

– Vous avez été plus rapides que prévu ! commente-t-il. Est-ce que vous avez fait quelques bonnes photos ?

– Oh oui ! ricane Cindy. J'en ai fait plein !

L'intonation de sa voix n'annonce rien de bon…

– Et vous avez réussi à interviewer un styliste ? poursuit M. Harris courageusement.

Cindy se retourne alors vers moi et me jette un regard glacial dont elle a le secret.

– Tu as réussi, toi ? Tu avais l'air de bien t'entendre avec Reuben.

– C'est qui, Reuben ? je demande.

– Le styliste ! répond Cindy, exaspérée. Tu sais, celui qui était habillé avec une chemise pourpre… Celui qui t'a serrée dans ses bras.

M. Harris sursaute.

– Un homme t'a serrée dans ses bras ?

– C'était à la fin du show ! j'explique. Tout le monde s'embrassait sur le podium.

– Pardon mais…, vous étiez sur le podium ? intervient M. Harris.

De plus en plus nerveux, il donne sans le vouloir un petit coup de volant.

– Monsieur Harris ! l'interrompt Cindy, autoritaire. Concentrez-vous sur la route s'il vous plaît ! Gemma a saccagé le show, et c'est tout ! Ça n'a aucune importance.

M. Harris se remet à fixer la route.

– Ça m'a tout l'air d'être un bon sujet pour le webzine ! s'aventure M. Harris. Tu vas écrire un papier dessus, Gemma ?

Malheureusement Cindy ne me laisse pas le temps de répondre.

– Certainement pas, monsieur Harris ! s'offusque-t-elle. C'est moi la journaliste dans cette histoire. Et ne vous faites pas de souci, le succès de Gemma sera grandement relaté dans le magazine.

Je déteste le ton de sa voix. Vraiment, il augure du pire.

Cindy demeure silencieuse le reste du voyage. Elle n'envoie même pas de textos. M. Harris conduit tranquillement et prudemment, sans jamais freiner brusquement comme s'il transportait de la nitroglycérine.

– Nous sommes arrivés ! s'exclame-t-il enfin en garant la voiture devant l'école.

– Merci, monsieur Harris ! répond Cindy, avant de sortir du véhicule.

– Merci de nous avoir conduites, monsieur Harris ! dis-je en sortant à mon tour. C'était vraiment génial.

En guise de réponse, M. Harris m'adresse un grand sourire.

– J'ai bien l'impression que vous avez vécu une belle aventure, poursuit-il.

– Oh oui ! J'ai hâte de raconter tout ça à Tess et à Savannah.

Je claque la portière et me mets à courir sur le parking pour rejoindre le parc. Les élèves sont en train de traverser le parc en direction des bâtiments pour le début des cours de l'après-midi. Savannah et Tess sont tranquillement allongées au pied d'un châtaignier. Quand elles m'aperçoivent, elles se lèvent précipitamment et marchent à ma rencontre.

– Hey, Gemma !

Une voix qui m'est familière m'interpelle. Je me retourne. C'est Sam.

– T'es magnifique ! s'exclame-t-il.

J'avais oublié ma coiffure et mon maquillage. Et c'est en touchant mes cheveux que je me souviens tout à coup que je ne ressemble pas à la Gemma habituelle.

– C'est un peu trop, non ? fais-je en grimaçant.

– Ça te va vraiment bien ! répond Sam, visiblement sensible à mon apparence. J'adore les cheveux bouclés.

Je ne peux pas m'empêcher de rougir.

– Vraiment ?

– Carrément ! C'est beaucoup plus beau que les cheveux raides !

J'ai l'impression que mes pieds ont décollé du sol. Les boucles de mes cheveux ont eu raison de la raideur de ceux de Cindy. Même si c'est avec elle qu'il sort…

Mon sang se glace tout à coup.

Quelle imbécile !

Est-ce qu'à Cindy il dit qu'il préfère les cheveux raides aux cheveux bouclés ? Je sens monter une bouffée de rage. Je n'arrive pas à croire que Sam soit aussi hypocrite. Moi qui le trouvais charmant. Des souvenirs surgissent alors de ma mémoire comme autant de signaux d'alerte. Je pense notamment à sa manière de me traiter pendant les réunions du webzine. Se sert-il de moi pour rendre Cindy jalouse ? Ou bien est-ce le genre de garçon qui ne sait pas se contenter d'une seule petite copine à la fois ? Pour la première fois de mon existence, je sens de la compassion à l'égard de Cindy.

– Gemma !

Ce sont Tess et Savannah qui m'appellent tandis qu'elles s'approchent de moi à grandes enjambées. Je n'ai pas envie qu'elles lisent sur mon visage la colère qui vient de naître en moi contre Sam. Elles me demanderaient ce qui ne va pas, c'est sûr !

Je me mets alors à courir vers mes amies, sans me préoccuper davantage de Sam. Tess m'attrape par le cou au moment où nous nous rejoignons.

– Tu es magnifique ! me dit Savannah en me regardant de la tête aux pieds, l'air admiratif. Où sont les photos ?

Je me retourne en direction de Sam. Il est assis en haut de la butte comme un chien qui se serait égaré.

– C'était le plus beau moment de toute ma vie ! je déclare en serrant Tess et Savannah contre moi. Vous ne devinerez jamais ce que j'ai fait !

10

– Ce serait un gâchis si personne ne voyait Gemma comme ça ! s'exclame Savannah à l'attention de ma mère. Son look a été créé par des stylistes professionnels !

Maman se penche sur la table de la cuisine et croise les bras.

– Demain, il y a école ! dit-elle.

– Nous serons rentrées à neuf heures ! promet Tess. Combien de fois dans sa vie une ado peut-elle se promener comme ça ? Il faut qu'elle en profite ce soir parce que demain il n'en restera rien.

Savannah et Tess ont monté un plan pour ce soir. Elles ont décidé que nous devions passer la soirée à la patinoire pour montrer à tout le monde ma nouvelle coiffure et mon maquillage de star. Lorsque je leur ai rappelé les règles de fonctionnement chez moi et, notamment, le fait que je n'ai pas le droit de sortir un soir de semaine, elles m'ont persuadée de m'accompagner à la maison pour convaincre ma mère. Elles sont maintenant toutes les deux dans la cuisine à négocier avec maman pendant que je me tiens, anxieuse, à l'entrée de la maison.

– Si on vous avait transformée en top model, je suis certaine que vous auriez envie de vous montrer ! assure Savannah.

Je sens les défenses de maman flancher.

– Vous serez rentrées à neuf heures ?

– C'est promis ! s'exclame Savannah, le regard brillant.

– Les devoirs sont faits pour demain ? demande ma mère.

– On n'en a pas ! répond Tess. C'est bientôt la fin des cours et les profs ne nous donnent plus rien à faire.

– C'est d'accord, vous pouvez y aller ! Neuf heures et demi, dernier délai.

– Dernier délai, je te le promets ! je réponds.

Le bus de dix-neuf heures nous conduit à la patinoire. Nous observons les immeubles défiler.

– Sal et Ryan nous rejoignent là-bas ! indique Savannah, vêtue d'une minijupe rose.

– Sally m'a dit que Chelsea et Josh seraient là aussi, poursuit Tess. Chelsea a son cours de patinage tous les jeudis. Apparemment, Josh a l'habitude de la rejoindre après son entraînement pour boire un Coca avec elle.

– C'est *tellement* romantique ! je m'exclame sur un ton sarcastique en faisant mine de m'évanouir sur l'épaule de Tess.

Je me suis habillée dans des tons discrets, jugeant que ma nouvelle coupe et mon maquillage de pro suffisaient à l'affaire. Je ne sais pas comment les stylistes s'y sont pris, mais j'ai conservé le même masque de poupée depuis ce matin. J'en suis à me demander si mon démaquillant sera suffisamment efficace pour l'enlever.

– Vous pensez que tous les troisièmes seront là ? demande Savannah.

Elle me regarde et je lis dans ses yeux l'espoir qu'elle peine à dissimuler de me voir rencontrer quelqu'un ce soir.

– Qu'est-ce que ça peut faire ? je réponds sur un ton léger, en pensant à Sam.

Les garçons sont tous des vicieux.

– Mais tu es tellement canon ! gémit Savannah. Il faut te trouver quelqu'un pour t'accompagner au bal du collège !

– Je n'ai pas l'intention de me rendre à la fête accompagnée. Je suis très bien toute seule.

Savannah me fixe longuement et je finis par esquiver son regard.

– Nous, tout ce qu'on fait, c'est pour ton bien ! poursuit-elle.

Le bus s'arrête devant la patinoire. Je me lève, soulagée que nous soyons arrivées à destination. Cette discussion commençait à me taper sur les nerfs. Ce que je veux, moi, c'est m'amuser. Après tout, c'est notre dernière soirée de l'année entre filles. La prochaine fête, ce sera celle du bal et Tess comme Savannah seront accompagnées de leurs amoureux respectifs.

La musique retentit dans la patinoire, pleine à craquer.

Nous échangeons nos chaussures contre des patins et prenons la direction de la glace.

– Gemma ! Tess ! nous interpelle Sally depuis le milieu de la piste qu'elle traverse pour nous rejoindre, Ryan sur les talons.

Je me jette dans ses bras pour l'attraper lorsqu'elle arrive à notre hauteur. Ses joues sont roses et brillantes. Ryan freine pour ne pas nous percuter, avec une grâce que je ne lui connaissais pas.

– Vous sortez ensemble ? demande Savannah en regardant Sally puis Ryan.

Ryan lève les yeux au ciel.

– Nooonnn ! répond-il sur le ton de celui qui n'assume pas ses actes.

– Certainement pas ! confirme Sally qui le toise de la tête aux pieds.

Ryan fait marche arrière.

– Enfin, c'est pas vraiment un rendez-vous. Ce serait trop naze !

– Trop naze ! répète Sally en lui donnant un coup dans l'estomac.

Tandis qu'il s'éloigne en chancelant, Sally nous regarde comme si elle voulait s'excuser du comportement de Ryan.

– Ah ! Les garçons ! fait-elle en levant les bras au ciel.

Tess et Savannah opinent de la tête. Mais Savannah se raidit soudain et désigne quelque chose du doigt.

– Oh mon Dieu ! s'écrie-t-elle.

Tess et moi, on se tourne dans la direction indiquée par notre amie.

Chelsea est de l'autre côté de la piste. Je ne l'ai jamais vue aussi simplement parée. Elle porte un jean et un pull, sans le moindre artifice.

– Elle n'est même pas maquillée ! poursuit Savannah. Moi qui croyais que cette fille était née dans un pot de peinture !

– Et ça, c'est rien ! intervient Sally en haussant les épaules. Je l'ai observée suivre son cours. Elle est complètement absorbée par ce qu'elle fait. Et son coach est un monstre. Il passe son temps à lui hurler dessus.

– Elle ne l'a pas encore frappé ? demande Tess sur un ton ironique.

– Pire encore ! Je ne l'ai pas vue lui répondre une seule fois ! confesse Sally.

J'ai l'impression de voir Chelsea pour la première fois de ma vie. Elle capte à cet instant mon regard et je la vois froncer les sourcils avant de se diriger vers nous.

– Attention ! fais-je. Elle arrive !

Une pluie de glace s'abat sur nos pieds lorsque Chelsea vient freiner à notre hauteur comme le font les patineurs professionnels.

– Qu'est-ce que vous faites là ? demande-t-elle.

– C'est un lieu public, que je sache ! répond Savannah.

Chelsea a l'air bizarre sans son maquillage. En fait, je ne m'étais jamais rendu compte combien elle est jolie, même quand elle nous jette un regard de tueuse.

– Et pourquoi êtes-vous habillées comme ça ?

Tess place alors son bras sur mes épaules et répond :

– T'es pas au courant ? Reuben, le styliste, a choisi Gemma comme top model lors de son défilé, ce matin.

– Ouais…, c'est ça ! l'interrompt Chelsea avec un rictus.

Josh arrive à sa hauteur.

– Qu'est-ce qui se passe ici ?

Son regard vient se poser sur moi.

– Waouh… Gemma ! T'es carrément belle ! On dirait Sam.

Je sens de nouveau une vague de colère me monter jusqu'aux oreilles. Je fronce les sourcils, mais Chelsea intervient dans le style plus direct dont elle a le secret. D'un mouvement brusque, elle le pousse sur le côté. Il chancelle et vient s'écraser sur la glace.

Ryan accourt pour l'aider à se relever.

– Faut se serrer les coudes, frangin ! Les filles sont folles.

Sally jette à Ryan un regard qui en dit long.

– Les garçons sont des idiots ! s'exclame-t-elle.

– Alors pourquoi vous sortez avez nous ? rétorque Josh.

– Justement ! intervient Savannah. Parce que vous êtes idiots.

– C'est mignon, ça ! ajoute Tess.

Josh et Ryan échangent un regard consterné.

– Allons manger quelque chose, Josh, propose Ryan en pointant les distributeurs automatiques de friandises. On est en sous-effectif ici. Si nous étions dans une partie de World of Warcraft, il y a longtemps que j'aurais battu en retraite.

Les garçons s'éloignent et Savannah en profite pour ramener l'attention sur moi.

– Allez, Gemma. Raconte à Sally ton défilé.

Je sens le regard pesant de Chelsea et décide de m'éclipser, moi aussi.

– Je vais d'abord me prendre un Coca, si ça ne vous dérange pas.

J'abandonne le groupe et me dirige vers l'endroit où se trouvent Josh et Ryan. En passant à côté d'une rangée de chaises, je tombe sur un visage qui m'est familier. Un garçon est en train de ramasser des canettes et des papiers qui jonchent le sol pour les jeter dans un sac-poubelle.

– Will ? C'est toi ?

Will se relève aussitôt comme si j'avais pointé une arme à feu dans son dos.

– Quoi ? s'exclame-t-il en se retournant.

Chelsea n'est décidément pas la seule à être différente, ce soir. C'est la première fois que je vois Will sans son blouson de cuir. Il porte à la place un sweatshirt bleu sombre et un pantalon assorti. Le sourire que j'arbore est teinté d'un soupçon de méchanceté.

– Bah alors ! T'as rejoint les scouts ?

– Je bosse là… O.K. ? me répond Will, sur un ton agressif.

– Je ne savais pas que tu avais un job !

– J'économise pour m'acheter une moto.

– T'es pas trop jeune pour conduire ?

– Et toi, t'es pas trop jeune pour être maquillée comme ça ? lance-t-il en me dévisageant.

Je secoue la tête et sens mon assurance se défiler.

– Sam m'a dit que ça m'allait très bien ! je rétorque.

– Pas étonnant !

Will baisse les yeux et reprend le sac-poubelle qu'il avait posé par terre pour me parler.

– Qu'est-ce que tu veux dire ?

J'ai l'impression qu'il sait que Sam est un hypocrite doublé d'un beau parleur.

– Devine !

Will se dirige alors vers le bord de la piste. Je m'empêche de lui courir après pour lui soutirer tout ce qu'il sait au sujet de Sam. Serais-je la cible des blagues des troisièmes ? Rien qu'en pensant à cette éventualité, je sens mon rythme cardiaque s'accélérer. Mais pourquoi suis-je sortie avec cette allure !

– Tout va bien, Gemma ? me demande Tess.

– Est-ce qu'on peut rentrer maintenant ? je lui réponds.

– Pourquoi ? Qu'est-ce qui se passe ?

– Ça a été une longue journée. C'était à la fois la meilleure et la pire journée de ma vie.

D'abord, j'ai été prise comme top model par un célèbre couturier et, ensuite, comme pigeon par des imbéciles de troisièmes qui veulent se payer ma tête.

Tess passe son bras sous le mien.

– Allez, dit-elle doucement en m'entraînant sur la piste. Allons chercher Savannah.

Chelsea conduit Sally dans des figures élégantes.

– Regardez-moi ! s'exclame Sally. Je danse !

– Concentre-toi ! ordonne Chelsea qui vacille sur ses patins.

Savannah est appuyée sur la balustrade, elle pianote sur son téléphone.

– Gemma veut rentrer ! l'interrompt Tess tandis que nous arrivons à sa hauteur.

– J'espère que vous ne m'en voudrez pas ! dis-je en m'excusant. Ça a été une longue journée.

Savannah lève la tête de son téléphone, le visage sombre.

– Je comprends *parfaitement* ! répond-elle sur un ton étonnamment sérieux. T'inquiète pas ! Ça va finir par se tasser.

– Qu'est-ce qui va se tasser ? je demande.

Savannah se raidit.

– J'imagine que tu l'as vu. C'est pour ça que tu veux rentrer, n'est-ce pas ?

– Mais de quoi parles-tu ?

Savannah me montre alors son téléphone. Elle était en train de consulter Facebook. Une photo apparaît sur son mur. Je reconnais le podium de ce matin et la robe dorée que je portais. C'est une photo de moi. Tess essaie de regarder par-dessus mon épaule.

– Waouh ! s'exclame-t-elle. Cindy n'en a pas raté une miette.

Sur la photo, on me voit écroulée sur Anna De Vine, les quatre fers en l'air.

Je prends le téléphone. C'est Cindy qui a téléchargé l'image sur la page Facebook du webzine. Tout le monde à l'école va la voir.

– Après tout, je m'en fiche ! dis-je la gorge serrée. Cindy peut bien poster tout ce qu'elle veut, ça m'est égal.

J'imagine alors la scène : Cindy et Sam, assis devant le portable de la Reine des glaces. Les deux sont secoués par une crise de fou rire tandis qu'ils publient la photo de ma mésaventure. C'en est vraiment assez pour aujourd'hui. Mieux vaut rentrer.

– Gemma ! s'exclame Tess. Attends !

Je sens mon estomac se nouer. Je n'arrive pas à croire que je me sois à ce point trompée au sujet de Sam. Moi qui pensais que c'était un type bien. Je sais maintenant qu'il joue un double jeu, tout comme la Reine des glaces. Ils sont décidément faits l'un pour l'autre. Je suis *ravie* qu'ils sortent ensemble.

11

Lorsque Sam entre dans le bureau du webzine pour la réunion du vendredi, je fais comme si de rien n'était. Il est en retard. Je suis assise à côté de Will, c'est-à-dire aussi loin que possible de la Reine des glaces.

Bon, je lui jette quand même un petit coup d'œil furtif, de ceux qu'on lance pour s'assurer discrètement qu'un garçon n'est pas indifférent à nos charmes.

Ce n'est pas le cas ici. Pas même une esquisse de son sourire habituel.

– Désolé, je suis en retard ! grogne-t-il.

– Pas de souci ! répond Cindy en jouant avec le cahier qu'elle tient dans ses mains. Je t'avais gardé une place, poursuit-elle en retirant son sac à main Louis Vuitton de la chaise placée à côté d'elle.

Nous discutons des articles qui paraîtront pour la dernière édition de l'année du webzine.

– Je pourrais placer quelques statistiques sur les matchs de la ligue cette année, suggère Jeff. Et écrire quelques mots sur les meilleures rencontres.

Cindy inscrit quelque chose sur son cahier.

– Excellente idée, Jeff ! s'exclame-t-elle.

– Est-ce que j'ai raté quelque chose ? interroge Sam.

– Pas encore ! lui chuchote Cindy.

De son côté, Barbara trie des papiers. Tous les matins, elle collecte les questionnaires des lecteurs. Elle prépare son dossier pour le dernier numéro : *L'étudiant de Green Park enfin profilé !*

Cindy tapote son bloc-notes avec son stylo.

– J'ose espérer que vous allez tout donner pour ce dernier numéro de l'année ! Je sais que l'année a été longue et fatigante, mais je veux la terminer avec un numéro qui marquera l'histoire du webzine.

– On pourrait titrer sur ta démission, l'interrompt Will en chiffonnant une feuille de papier. Ça, ce serait accrocheur !

– C'est la deuxième partie de ton dossier sur le financement de l'école que tu es en train de déchirer ? lui demande-t-elle en désignant la feuille avec son stylo.

– Ouais ! répond-il, le regard évasif.

– Bon ! De toute façon, je pense que nos lecteurs vont lire ton article en diagonale. Comme la semaine dernière !

Will se redresse, la mâchoire tremblante.

– C'est un dossier très important ! s'emporte-t-il.

– Peut-être, mais ce n'est pas ça qui va te permettre d'obtenir ton propre hashtag sur Twitter, n'est-ce pas ? rétorque Cindy.

– C'est comme ça que tu juges la qualité des papiers, maintenant ? intervient Will.

Cindy fait comme si elle n'avait pas entendu sa remarque et préfère rabattre sa rage sur moi.

– Par chance pour le mag, Gemma et sa carrière de mannequin aussi brillante qu'éphémère vont attiser la curiosité de nos lecteurs.

Barbara se met à rire affectueusement.

– Oh Gem ! Tu étais tellement drôle. Je ne sais pas comment tu as osé !

– Mais la mésaventure de Gemma dans la mode, c'est déjà de l'histoire ancienne, non ? interroge Jeff en levant les sourcils.

– La photo que j'ai postée sur Facebook, c'était juste un *teaser* ! poursuit Cindy en souriant. Je vais y ajouter un lien vers le site du webzine pour que nos lecteurs puissent découvrir *toutes* les photos de la scène.

– Y en a combien ? demande Sam.

Cindy lui tend son téléphone.

– Fais défiler les photos ! J'ai réussi à shooter toute la scène, depuis le moment où elle commence à vaciller jusqu'à celui où elle atterrit sur les genoux d'Anna. C'était tellement drôle ! conclut-elle en m'adressant un sourire narquois.

Je ne me souviens pas de t'avoir vu rire.

Cindy ne sera pas pleinement satisfaite tant qu'elle ne m'aura pas parfaitement humiliée.

Sam rend son téléphone à Cindy sans même regarder son contenu.

Il les a déjà vues... C'est sûr !

Mais Jeff l'intercepte.

– Vous ne trouvez pas que c'est injuste pour Gemma ? demande-t-il tout en faisant défiler les images.

– Nous devons penser à l'intérêt de nos lecteurs ! poursuit Cindy en me jetant un regard suppliant. Tu ne voudrais tout de même pas passer sous silence cette aventure incroyable, n'est-ce pas, Gem ?

– Elles sont marrantes ! commente Jeff en faisant mine de s'excuser. Je ne sais pas si ça peut te consoler, mais tu étais vraiment magnifique, même avec les quatre fers en l'air !

– Merci, je réponds sans conviction.

Je ne peux rien faire pour interrompre cette catastrophe et je m'écrase un peu plus sur ma chaise à mesure que le téléphone de Cindy passe entre les mains de chacun des membres du webzine. Will y jette un œil sans s'attarder et Phil, quant à lui, analyse chaque photo très consciencieusement.

– Trop sombre ! commente-t-il.

– Trop floue ! poursuit David.

– Mal cadrée ! continue Phil tout en rendant le téléphone à sa propriétaire.

– Merci les gars pour cette leçon de photographie. J'espère que nos lecteurs les apprécieront pour leur humour, non pour leur style.

Sam me jette régulièrement un regard.

– On dirait que tu as passé un sale quart d'heure pendant le défilé ! C'est pour ça que tu étais de mauvaise humeur quand tu es revenue ? me demande-t-il.

Tu veux dire : c'est pour ça que je n'ai pas réagi lorsque tu m'as dit que tu aimais mes cheveux ?

Je le poignarde du regard.

– Absolument pas, Sam ! je réponds sur un ton glacial. J'étais d'excellente humeur jusqu'à ce que tu l'ouvres.

Pense-t-il vraiment que je vais le laisser jouer son petit numéro de charmeur ? Je fais mine d'ignorer le point douloureux qui se presse contre ma poitrine. Je sens soudain le bord de mes yeux me brûler. Je fais tout ce que je peux pour empêcher les larmes de couler le long de mes joues. Le regard bleu profond de Sam est toujours ancré sur moi. Je le sens touché. Je sais qu'à présent il ne s'amusera plus à ses petits jeux avec moi et ça me va très bien. Je continue de le fixer jusqu'à ce qu'il baisse les yeux.

– Cindy ! je m'exclame. J'en ai marre d'être la cible des blagues des troisièmes. J'ai écrit un papier et je voudrais qu'il soit publié dans le webzine cette semaine. J'ai travaillé dur toute l'année et je crois que je mérite d'être publiée sous mon nom.

– Bien entendu ! répond Cindy sans sourciller ni marquer la moindre intonation dans sa voix. S'il est bon, nous le publierons.

– Vraiment ?

Les troisièmes sont décidément imprévisibles. J'en ai assez de chercher à les comprendre.

– Merci ! poursuis-je.

Je vais enfin voir un de mes articles publié.

Une vague de bonheur m'envahit et me fait oublier les photos qui vont être publiées. Mes méninges tournent à plein régime lorsque Will prend la parole, mais je ne prête pas attention à ce qu'il raconte. Ce n'est que lorsqu'il prononce le nom de Jessica Jupiter que, tout à coup, mes sens se mettent en alerte.

– Est-ce qu'elle va venir à la fête de fin d'année pour faire son discours ? demande Will.

– Absolument ! répond Cindy, parfaitement convaincue de ce qu'elle avance.

Absolument ? La Reine des glaces serait-elle devenue folle ? Comment Jessica pourrait-elle apparaître lors de cet événement ?

Je lève la main pour demander la parole.

– Et comment… comment… va-t-elle faire pour venir ?

– Je ne sais pas, répond Cindy négligemment. En voiture, certainement !

– Mais…, je tente d'objecter.

Que pourrais-je bien ajouter ? À l'exception de Cindy, je suis la seule ici à savoir que Jessica est un personnage de fiction.

Mon imagination prend alors le pas et me propulse dans un univers dans lequel je suis la seule à penser que Jessica n'existe pas.

Je la vois se prélasser dans un fauteuil de la salle des profs, en attendant son tour. Ses longues jambes sont croisées et posées sur une table de salon. Le bas de sa robe de cocktail en soie traîne négligemment sur la moquette de la salle.

– Prépare-moi un Martini, chéri ! ordonne-t-elle à M. Harris en tendant langoureusement son bras fin et immense.

– Nous n'avons que du Nescafé ! répond timidement M. Harris, confus de la situation. Vous savez, il n'est pas conseillé de boire un Martini avant de donner un cours à des quatrièmes.

– Des quatrièmes ? s'exclame Jessica en claquant des doigts. Gemma Stone n'était-elle pas une élève de quatrième, justement ?

– Je crains fort que si.

Jessica fronce les sourcils.

– Et vous me dites qu'elle continue de croire que je n'existe pas !

– Oui… Elle est même convaincue que c'est elle qui vous a inventée !

– Qu'est-ce qui débloque chez cette fille ? s'écrie Jessica. J'ai contribué aux histoires d'amour de ses meilleures amies. Je l'ai sauvée de l'emprise du garçon le plus ennuyeux du collège et j'ai promis de faire un discours devant tous les élèves à la fin de l'année. Que dois-je faire de plus pour lui prouver que je suis réelle ?

– Elle dit qu'il y a bien longtemps qu'elle ne croit plus aux bonnes fées ! explique M. Harris.

– Une bonne fée ! Mais qu'est-ce qu'elle croit ? Que je suis capable de transformer Sam, le beau parleur, en un prince charmant perché sur son destrier ? Et de faire en sorte qu'il tombe amoureux d'elle ? Même moi, je n'ai pas ce pouvoir.

Mon rêve éveillé s'évapore dans un nuage de fumée lorsque Will vient étirer ses jambes à côté de moi.

– Je suis impatient de voir Jessica Jupiter en vrai ! dit-il.

Et moi donc ! Je cherche à capter le regard de Cindy. Qu'est-elle donc en train de planifier ?

– Je suis sûr qu'elle est passionnante ! poursuit Will en reniflant.

Je constate soudain qu'aucun ricanement n'accompagne son commentaire. Mon astuce avec le livre aurait-elle fonctionné ? A-t-il fini par rejoindre le fan-club de Jessica Jupiter ?

Je le regarde du coin de l'œil. S'il est maintenant branché horoscope, je devrais peut-être suivre les conseils de Tess et l'aider à trouver une petite amie. L'amour a bien contribué à rendre Barbara intéressante, il est donc capable de tout ! Dans ma tête, je passe les troisièmes en revue pour trouver la malheureuse élue.

– Sam !

Mon regard se tourne vers Cindy qui vient de prononcer ce nom magique.

– On dit que le principal a fait appel à un groupe de musiciens pour le bal de promo, dit-elle. Tu peux essayer d'en savoir plus ? Voir si c'est vrai ou si ce n'est qu'un ragot. Ça pourrait être un scoop génial pour la dernière édition.

– Je vais essayer, marmonne Sam sans grand enthousiasme.

C'est un bon sujet, pourtant on dirait que Cindy vient de lui proposer un dossier sur les yaourts pour ce dernier numéro de l'année.

– Je te remercie ! poursuit Cindy en se penchant pour toucher son genou.

Will fait alors glisser sa chaise en arrière.

– J'ai des trucs à lire ! déclare-t-il en se levant. Je pense qu'on a fait le tour du dernier numéro, non ? Je t'enverrai mon papier par mail, Cindy.

Et sans attendre de réponse, il sort de la pièce. Sa réaction n'est pas sans surprendre Cindy qui n'a pas eu le temps de placer un mot. Finalement, elle se tourne vers les jumeaux.

– Phil, David, c'est bon pour vous ?

– Une rétrospective des jeux de l'année ! répond Phil.

– Le top cinq des meilleurs et des plus mauvais ! Et puis aussi les dates de lancement des prochains, complète David.

Cindy l'inscrit sur son bloc-notes.

– Ça me semble parfait ! conclut-elle.

– Pour ma part, je vais donc m'occuper de ce groupe mystérieux ! ajoute Sam en quittant la salle, sans regarder personne.

Je réalise soudain que j'ai pris l'habitude qu'il m'adresse un petit sourire chaque fois qu'il me dit au revoir. Pas cette fois !

Phil, David et Jeff lui emboîtent le pas. Je récupère mon sac à dos et me lève.

– Attends un moment, Gem ! m'interpelle Cindy sur un ton mielleux qui me fait craindre le pire.

Je la regarde, un peu inquiète. A-t-elle encore un autre projet pour me tourner en ridicule ?

Cindy pivote vers Barbara et lui demande de nous laisser une minute, la question qu'elle veut me poser ne concerne personne d'autre. Barbara s'empare de ses papiers et les fourre dans son sac sans ménagement.

– Merci, Barbie ! lui dit Cindy. Je te retrouve dehors. Ce ne sera pas long.

Dès que Barbara a quitté la pièce, Cindy se tourne vers moi.

– Tu sais, cet article que tu souhaites publier...

– Sur le bal de promo ? je demande en sentant mon estomac se tortiller.

– Ah oui ? C'est à propos du bal de promo ? Très bonne idée ! poursuit-elle l'air sournois.

Je savais que son accord devant tous les membres du webzine sonnait faux tout à l'heure. C'était surtout trop beau pour être vrai. Elle se met alors à sourire, dévoilant sa dentition blanche. J'ai la sensation d'être devant un ninja qui me sourit avant de me frapper avec son nunchaku.

– Eh bien, ce papier, je le publierai à une condition… Que tu montes sur l'estrade lors de la fin d'année et que tu te fasses passer pour Jessica Jupiter.

12

En ce samedi estival, je fais du shopping avec Tess. On s'est arrêtées pour pique-niquer sur un banc près de la fontaine. Tess engloutit une énorme glace.

– Si tu as été capable de jouer les top models, dit-elle, ça ne devrait pas te poser de problème d'incarner Jessica Jupiter en vrai !

– Mais Jessica a au moins cent ans, et puis tout le monde me connaît, au collège !

– Je ne veux pas te vexer, mais tu n'es pas *si* populaire que ça ! plaisante-t-elle.

– O.K., t'as pas tort ! Disons que la plupart des quatrièmes savent à quoi je ressemble. Et certains cinquièmes et troisièmes aussi.

– Une voilette ! s'exclame tout à coup Tess.

– Une voilette ? je répète.

Tess commence son explication.

– Jessica Jupiter est exactement le genre de *fashion victim* glamour qui serait capable de porter ça. Histoire de cacher ses rides. Si on arrive à en trouver une suffisamment épaisse, personne ne sera en mesure de voir que tu te caches dessous, poursuit-elle les yeux brillants d'excitation.

– Je vais passer pour une folle si je m'habille comme ça !

– Pas si la voilette est accrochée à un chapeau. Tu sais, les vieilles dames de la haute en portent souvent.

Je réfléchis à son plan et conclus :

– Ça peut marcher !

– Allons-y ! s'exclame Tess en jetant le reste de son cornet dans la poubelle à côté du banc.

Elle m'attrape par la main et m'entraîne sur le trottoir.

– Où est-ce qu'on va ?

– À la boutique Coleman, me répond-elle en pressant le pas. Ils vendent des chapeaux.

Fermement décidée, elle traverse la foule en me tirant toujours par la main. Je fourre mon paquet de chips dans ma poche et adopte le même pas de course que mon amie. Je suis toujours accrochée à elle lorsque nous parvenons devant la porte du magasin, qu'elle ouvre sans ménagement.

– Par ici ! m'indique Tess.

Nous arrivons devant des présentoirs à chapeaux. Tess attrape le premier qui lui tombe sous la main et le pose sur sa tête. Il est orné de trois tiges au bout desquelles sont accrochées trois étoiles. Je réprime un fou rire en la voyant.

– Je ne me rends tout de même pas à une cérémonie royale !

Tess retire le chapeau.

– Mais il te faut quelque chose qui détourne l'attention de ton visage.

– Tu pourrais déclencher l'alarme à incendie pendant mon discours ! Comme ça je pourrais être expulsée de la scène et disparaître discrètement.

J'attrape son bras en arborant un air dramatique.

– Fais-le pour moi, je t'en conjure ! Tu es ma meilleure amie et tu sais aussi bien que moi que je cours à la catastrophe en montant sur scène.

Même si c'est sur le ton de la plaisanterie, il y a tout de même quelque chose de vrai dans mes propos.

– Si tu ne veux vraiment pas le faire, il te suffit de le dire à Cindy.

– Si je ne suis pas les ordres de Cindy, jamais elle ne publiera quoi que ce soit venant de moi, ni cette année ni l'an prochain. Et je devrai me contenter de rédiger les horoscopes jusqu'à la fin de mes études.

– Eh bien, dans ce cas, joue le rôle de Jessica !

Je prends alors une profonde inspiration et m'empare d'un chapeau vert posé sur un présentoir. Des dizaines de plumes sont collées à l'arrière. Un filet gris descend à l'avant du chapeau.

Je décide de l'essayer au moment où une vendeuse d'âge moyen s'approche de nous.

– Puis-je vous aider ? nous propose-t-elle d'un ton faussement poli.

Ces chapeaux ont été conçus pour des mamies, et la femme ne se fait aucune illusion sur l'usage que nous comptons faire du couvre-chef. Encore un plan pour se moquer des personnes âgées, doit-elle penser.

Mais Tess ne se dégonfle pas.

– Nous cherchons un chapeau orné d'un voile, dit-elle.

– C'est pour un mariage ? demande la femme.

– Ce serait plutôt pour un enterrement, réplique Tess.

Je vois la vendeuse se raidir.

– C'est pour un enterrement ou pas ? Vous ne m'avez pas l'air d'être convaincues.

J'interviens.

– Oui, bien sûr, c'est pour un enterrement.

– Mais nous ne voulons pas de noir, m'interrompt Tess.

Je dévisage mon amie. *Nous ne voulons pas de noir ?*

– Tante Jessica aurait voulu que ses funérailles ressemblent à une grande fête, explique Tess. Est-ce que vous auriez quelque chose en rose ?

– Rose ? Pour ce genre de cérémonie ? Vous avouerez que ce n'est pas commun !

– Ou sinon, quelque chose avec des plumes ? je suggère. Des plumes sombres.

Décontenancée, la vendeuse nous conduit devant un chapeau de couleur pourpre.

– Que pensez-vous de celui-là ?

Il est élégant. Pas de plumes ni de tiges. Juste un bord particulièrement soigné mais pas de voile.

Tess secoue la tête.

– Maman va être déçue si nous ne ramenons pas le chapeau qu'elle souhaite.

La vendeuse fixe Tess dans les yeux.

– Peut-être que *maman* aurait pu venir avec vous !

Mais Tess ne lui prête pas attention. Elle s'est retournée et regarde dans la direction opposée.

– Qu'est-ce que tu as vu ? je lui demande.

– Je viens d'avoir une idée.

Elle se met à zigzaguer entre les présentoirs et s'arrête devant l'un d'eux sur lequel sont exposés des hauts-de-forme d'équitation, dans le genre de ceux que l'on utilise dans les compétitions olympiques de dressage. Ils sont ornés d'un voile noir. Tess en décroche un.

– Tu pourrais venir en tenue de cavalière, propose-t-elle. Culottes Jodhpur, queue-de-pie et chapeau haut-de-forme. Personne ne te reconnaîtra.

Je désigne alors mes cheveux épais.

– Et ça, alors ? Comment comptes-tu t'y prendre pour les cacher ?

– Et pourquoi tu ne porterais pas une perruque ? rétorque-t-elle.

Je m'empare délicatement du chapeau et le pose sur ma tête. Le filet est suffisamment fin pour me permettre de voir au travers et il dissimule bien les traits de mon visage. Je commence à imaginer ce à quoi je vais ressembler. Tess a eu une idée de génie !

– Il y a un magasin de déguisement sur Marsh Lane. On pourra y trouver le reste de ta tenue.

Je regarde alors l'étiquette du chapeau et pousse un soupir en constatant qu'il est vraiment au-dessus de mes moyens.

– Maman m'a passé sa carte de crédit pour m'acheter des chaussures pour le bal ! murmure Tess. Mais je n'ai pas besoin de chaussures. On va se servir de sa carte pour acheter le chapeau que l'on ramènera au magasin une fois que tu t'en seras servie.

Je sens ma poitrine se resserrer. C'est un peu comme si nous montions une arnaque.

– C'est grâce à ce chapeau que tu vas commencer ta carrière ! insiste Tess. Et, en plus, tu ne le porteras qu'une dizaine de minutes. Nous le rendrons en parfait état, je te le promets.

Je finis par capituler.

– C'est d'accord !

Tess s'empare du chapeau toujours posé sur ma tête et le tend à la vendeuse.

– Nous allons prendre celui-là, s'il vous plaît !

***

Le magasin de costumes est une véritable caverne d'Ali Baba. Des portants pleins de vêtements occupent tout l'espace. Des étagères ornent les murs, chargées de boîtes, de chapeaux, de plumes et de fourrures. Des costumes sont même accrochés au plafond, histoire de tirer profit de chaque centimètre cube du magasin.

– Qu'est-ce que tu penses de ça ? me demande Tess tandis qu'elle sort d'un portant une robe digne de Marie-Antoinette.

– Jessica est une dame âgée, mais tout de même pas à ce point !

Tess fait la moue et repose la robe. Nous nous enfonçons un peu plus dans les entrailles du magasin. Tess s'arrête à côté d'un vêtement vert particulièrement imposant.

– Oh Gemma ! s'écrit-elle, excitée. Changeons de plan !

Elle sort un déguisement de dragon en riant.

– Avec ça, personne ne te reconnaîtra.

C'est tentant, mais toute l'école saura alors que c'est moi qui me cache derrière les traits de Jessica Jupiter.

Mais Tess est déjà en train de regarder ailleurs. Elle repose le costume de dragon et attrape un morceau de tissu jaune qui a l'apparence d'une mousse.

– Et en Bob l'Éponge ! me dit-elle en rigolant.

– D'accord, à condition que tu te déguises en Patrick, l'étoile de mer !

Tess et moi éclatons de rire.

– Tu crois qu'on arriverait à convaincre Cindy de se déguiser en capitaine Krabs ? me demande-t-elle.

– Arrête ! J'en peux plus, j'ai mal aux mâchoires à force de rire !

– Et ça, alors ? s'exclame-t-elle en dénichant un costume arc-en-ciel de clown. Jessica pourrait apparaître sous les traits de Ronald McDonald ! Qu'en dis-tu ?

– Tess ! Sérieusement, il faut trouver quelque chose.

Une centaine de costumes plus tard, nous finissons par tomber sur un article bien plus intéressant qu'un vulgaire pantalon d'équitation. Il s'agit d'une longue robe spécialement adaptée pour monter à cheval en amazone. Je m'en empare et la montre à Tess.

– Voilà ! *Ça*, c'est Jessica Jupiter ! je m'exclame.

Tess me pousse vers la cabine d'essayage.

– Va l'essayer !

Je me glisse dans la robe majestueuse. Pour la première fois depuis le début de cette histoire, je me dis que ça pourrait être drôle d'incarner Jessica Jupiter. Et, en me regardant dans le miroir, je me trouve très belle.

– J'ai trouvé une perruque ! s'écrie Tess.

Elle la tient au bout de ses doigts. Elle est noire, soyeuse et coupée au carré.

L'opération n'est pas simple. Il faut que j'arrive à rentrer toute ma tignasse sous la perruque. Tess sort le chapeau de sa boîte et le pose sur ma tête. Mon look n'est pas encore tout à fait prêt, mais je suis impressionnée par l'image que me renvoie le miroir. Le voile obscurcit parfaitement mon visage, le public n'y verra que du feu !

– Mes chères petites étoiles ! je m'exclame d'une voix traînante, comme si j'interprétais mon rôle. Vénus se lève. Pluton est dans la maison du soleil levant. Ce n'est plus le moment d'être vous-mêmes.

Tess m'observe dans le miroir.

– C'est cette voix que tu dois prendre quand tu feras ton discours. Elle est parfaite.

Je me change rapidement et range les vêtements en pile pour les poser sur le comptoir du vendeur qui nous adresse un grand sourire. Il a peut-être dans les quatre-vingt-seize ans et ressemble à un lutin.

– Vous les achetez ou vous les louez ? nous demande-t-il.

– Nous voulons les louer, s'il vous plaît ! je réponds.

– Est-ce que vous désirez prendre les bottes qui vont avec ?

– Vous avez des bottes ? je m'exclame, tout excitée.

– Avec des éperons si vous le voulez.

Il nous conduit dans un coin opposé de la pièce où sont entreposées des millions de paires de chaussures, parfaitement alignées. Il sort une paire de bottines en cuir.

– C'est parfait ! dis-je en souriant.

– Gemma veut se mettre dans la peau de quelqu'un d'autre ! explique Tess.

– Elle veut se déguiser ? interroge le vieil homme.

Tess et moi échangeons un regard complice.

– Oui, c'est ça ! je réponds.

– Dans ce cas, vous aurez besoin de prothèses, poursuit le vendeur. Laissez-moi vous montrer ! propose-t-il.

Nous revenons vers le comptoir. Il sort d'un placard un panier rempli de faux nez. Tess manque de s'étouffer de rire. Pour ma part, je n'ai jamais rien vu d'aussi bizarre. Il y a là toutes les formes de nez possibles et imaginables.

Je désigne la prothèse d'un nez rose parfaitement dessiné, qui se termine légèrement en trompette.

– Celui-là !

Le vendeur le sort du panier et me le donne pour que je l'essaie. Il pose ensuite un petit miroir sur le comptoir pour que je puisse admirer le résultat. Mon petit nez de gamine de quatorze ans s'est transformé en un museau parfaitement hautain.

– Tu en penses quoi ? je demande à Tess.

– C'est parfait ! Il ne te manque plus qu'une paire de faux cils et une bonne couche de maquillage.

En regardant le costume impeccablement plié, je prends tout à coup conscience que je vais monter sur scène vendredi, devant un public qui se délecte de ce que j'écris chaque semaine. C'est dommage que le vieux lutin ne puisse pas me louer un peu de courage. J'en aurai bien besoin !

***

Après le dîner, je me retire dans ma chambre. J'ai dissimulé le costume de Jessica dans ma garde-robe. C'est plus simple que d'avoir à expliquer que je vais devoir monter à la tribune pour un discours de fin d'année. Assise devant mon ordinateur, j'entends la voix de mon père qui lit une histoire à Ben.

Je me mets à travailler sur les horoscopes de la semaine prochaine. En commençant par celui de Ryan. Je suis heureuse de constater que les étoiles de la semaine passée l'ont enfin mis sur la bonne voie. Mais si son amitié avec Sally s'éternise, il va devoir passer la vitesse supérieure pour en faire sa petite amie.

Lion. Vous êtes idiot. Arrêtez de faire le singe pour amuser la galerie. Vous êtes peut-être acclamé en classe, mais dans une relation amoureuse, à la longue, ce sont des huées que vous allez récolter. Réfléchissez un peu avant de parler ou vous allez finir par danser tout seul au bal de fin d'année.

Au tour de Will maintenant. Il serait temps de le conduire un peu vers le bonheur.

Verseau. Le travail occupe le premier plan de votre vie. Le moment est venu de passer au second. Lâchez un peu de lest et donnez de votre énergie pour quelque chose de plus drôle. Un cadeau inattendu a égayé votre semaine passée. Cette semaine, une étreinte inopinée devrait marquer le point de départ d'une romance.

Tout compte fait, il y a peu de chance pour que quelqu'un embrasse Will de manière inattendue. Je décide donc d'ajouter un peu de piment à l'histoire.

Poissons. Cher ami aquatique, l'amour est dans l'air. Il est temps que vous fassiez surface pour prendre une bouffée d'oxygène. Un camarade de classe du genre grognon peut révéler un peu de tendresse dans sa personnalité. Pourquoi ne pas saupoudrer un brin d'amour là où on s'y attend le moins ? N'oubliez pas : prendre quelqu'un dans ses bras est toujours une bonne idée.

Voilà au moins qui concerne un douzième des élèves de troisième. Je décide d'élargir la cible et m'intéresse au signe suivant.

Scorpion. Rangez votre aiguillon. Cette semaine, vos étoiles sont alignées en Vénus. L'amour est partout sur votre chemin. Soyez généreux et distribuez votre affection sans compter. Vous sèmerez peut-être ainsi les prémices d'une nouvelle histoire d'amour.

Pleine de bonnes intentions, je passe maintenant au Capricorne. Mais je sens mon ardeur se refroidir… C'est le signe de Sam. Il faut que je me ressaisisse, il n'est pas le seul Capricorne au monde.

Capricorne. Fêtez cette fin d'année en innovant.

L'amertume me ronge.

Essayez d'être loyal, pour changer.

Comment oublier Sam ? Tout me ramène à lui. Je vais essayer d'envisager les choses d'une manière moins personnelle.

Je sais que pour un signe marqué du sceau de l'indépendance, l'engagement est difficile, mais essayez de ne pas penser qu'à vous. Vous avez choisi votre partenaire pour le bal ? Ne regardez pas ailleurs, ça vous évitera de briser un autre cœur.

Tout ce que j'espère, c'est qu'il le lira. Même la Reine des glaces mérite un petit ami en qui elle peut avoir confiance. Je sens comme un poignard qui s'enfonce dans mon cœur. Pour soulager ma douleur, je m'attelle à mon propre horoscope.

Balance. Pas de panique. Avec la fin d'année qui se profile à l'horizon, vous allez devoir affronter une semaine difficile.

Vendredi, c'est non seulement le discours de clôture de l'année, mais c'est aussi le bal de promo. Je n'ai hâte ni de l'un ni de l'autre.

Si vous vous trouvez sous les feux de la rampe, laissez-vous guider par les étoiles. Jusqu'ici, elles ne vous ont jamais laissé tomber. Vendredi, vous pourrez peut-être vous sentir un peu seul, mais n'oubliez jamais que vous avez des amis et une famille qui vous aiment. Si vous êtes célibataire, profitez au mieux de votre liberté. Elle ne durera peut-être pas éternellement.

Peut-être que je ne devrais pas mettre les pieds au bal de fin d'année… Je me souviens alors de l'article que j'ai écrit à ce sujet. Je l'ouvre sur mon ordinateur. *Célibataire… Et alors ?* Aucun moyen d'esquiver la soirée. D'ici à vendredi, plus de la moitié du collège aura lu mon ode au célibat. Je dois affronter l'épreuve et montrer au reste du monde que je me fiche bien d'avoir un petit copain. Je finis par changer le titre de mon article par : *Pas de rendez-vous pour le bal ? Aucun souci !*

Tout ce que je souhaite, c'est que ce soit vrai !

13

La semaine commence par un lundi pluvieux. L'ampoule sans abat-jour accrochée au plafond du webzine éclaire faiblement le QG.

Ce comité de rédaction nous permet de réviser les articles avant leur publication le mercredi suivant.

– J'ai imprimé les papiers, s'exclame Cindy en brandissant une liasse de feuilles A4. Qui veut relire quoi ?

– Je m'occupe des pages Beauté, Cindy ! propose Barbara.

Jeff se gratte le bout du nez.

– On ne pourrait pas attendre Sam ? demande-t-il.

– Il doit venir ? interroge Phil. Je l'ai vu se diriger vers le portail tout à l'heure.

– Visiblement, Cindy n'est pas au courant ! réagit Will en regardant la chaise vide sur laquelle repose le sac Louis Vuitton. Elle lui a déjà réservé une place.

Cindy récupère son sac et vient le poser sur le bureau derrière elle.

– Mais pas du tout ! s'offusque-t-elle. C'est juste que je ne voulais pas le salir en le posant par terre.

Will sourit.

– Pauvre Cindy ! La réalité est tellement sinistre !

Cindy le fixe de son regard de tueuse. Ses yeux sont bordés de rose. La Reine des glaces aurait-elle pleuré ?

– Tu t'es acharné sur moi toute l'année, Will. C'est notre dernier comité de rédaction aujourd'hui. On ne pourrait pas faire une trêve ?

Will la fixe un instant et opine du chef en signe d'acceptation.

Nous venons d'assister à la conversation la plus civilisée qu'ils aient jamais eue. J'en profite pour lever la main.

– En ce qui me concerne, je n'ai pas de préférence pour l'article que je dois relire. Tu peux me donner celui que tu veux.

– Tu veux te charger de la rubrique high-tech de Phil et David ? propose Cindy.

– Ça marche ! je réponds en m'emparant des papiers qu'elle me tend.

Des bruits de pas se font alors entendre dans le couloir. Sam entre soudain dans le bureau. Il est trempé par la pluie. Son visage est ruisselant et une mèche de ses cheveux est collée contre sa joue.

– On a bien cru que tu ne viendrais pas ! commente Cindy.

Sam secoue la tête pour essorer ses cheveux.

– Je voulais m'acheter un truc à boire ! répond-il en s'asseyant à côté de Cindy.

Il sort alors de sa poche une bouteille de Coca, qu'il décapsule sans attendre, pour en boire une longue gorgée. Pas un sourire ne s'est esquissé sur son visage, ni même un contact visuel. J'ai bel et bien disparu de son champ de vision. Je me concentre alors sur les articles de Phil et David.

Meilleur RPG, meilleur MMOFPS, meilleur SHMUP.

J'inscris une note dans la marge : *Expliquer acronymes ?*

Will glisse à côté de moi.

– Est-ce que je peux relire les horoscopes de Jessica ?

La pointe de mon stylo se fige sur le papier.

– Tu me surprends, Will ! s'exclame Cindy tandis qu'elle lui tend les articles. Je ne savais pas que tu t'intéressais au sujet.

– Je suis ouvert d'esprit ! admet Will.

Ça l'intéresse ! J'ai du mal à réprimer un sourire.

Puis Cindy regarde Sam.

– Est-ce que tu veux relire mon article sur le défilé de mode ? lui demande-t-elle sur un ton hésitant.

– Je préférerais relire le papier de Gemma ! lui répond-il sans même la regarder.

– Le papier de Gemma ? répète Cindy, l'air offusqué. Bien sûr !

Je sens mon estomac se nouer et tente de réprimer le feu qui envahit mes joues. Pourquoi ai-je écrit quelque chose d'aussi personnel ? Pourvu que Sam ne se reconnaisse pas sous les traits du prince charmant !

Pendant que Sam commence sa lecture, j'essaie de me concentrer sur les critiques de jeux vidéo de Phil et David.

– Est-ce que quelqu'un veut relire mon papier sur la mode ? demande Cindy en tenant l'article à bout de bras.

– Oui ! Moi ! Je ne connais rien aux jeux vidéo, ce qui fait que je ne peux pas avoir d'opinion objective sur le sujet. Je n'ai aucune idée de ce que signifie Rezzer, PUG ou encore Casters.

– Je m'en occupe ! réagit Jeff.

Je jette un regard furtif à Sam tandis que je m'empare de l'article de Cindy. Il grimace en lisant mon article.

Oh non ! Pourvu qu'il ne soit pas sur le passage dans lequel je le traite de gamin sans cœur, immature et boiteux.

Je me concentre sur la prose de Cindy.

Trop « Radical » pour Londres ?

Au cours du défilé de couture ado du styliste Reuben, un cafouillage en coulisses a amené une collégienne à défiler à la place d'un célèbre top model.

Sam n'a pas bougé un cil. C'est comme si on l'avait transformé en statue de pierre. Je reviens au papier de Cindy.

Gemma a défilé sur scène avec l'élégance d'un caniche sur des échasses.

La cruauté des mots de Cindy n'a aucun impact sur moi. Je n'arrive pas à écarter de mon esprit mes pensées qui se focalisent sur Sam. Il a certainement terminé sa lecture à présent.

Ses cheveux ressemblaient à un entrepôt en feu.

Sam regarde la feuille, l'air livide. Je sens ma respiration s'accélérer, mais je reviens à ma lecture.

Si Gemma Stone pensait être une bombe, elle l'a démontré d'une manière explosive en s'écroulant lamentablement sur les genoux de la célèbre critique de mode Anna De Vine.

– Je dois y aller ! s'exclame soudainement Sam en se levant. Je meurs de faim !

– Mais tu viens à peine de..., commence Cindy.

Elle n'a pas le temps de terminer sa phrase que déjà la porte du bureau se referme sur Sam. Elle s'empare alors de mon article, resté sur l'assise de la chaise de Sam, et commence à le lire. Puis elle commente enfin :

– C'est mignon pour un premier jet !

Will hausse des épaules.

– Laisse tomber Sam ! Il a été comme ça toute la semaine. Ça doit être hormonal.

Jeff relève la tête et cligne des yeux vers les jumeaux.

– C'est bon ! C'est très bon, mais je suis d'accord avec Gemma : on pourrait peut-être ajouter un petit encadré pour expliquer le jargon que vous employez.

Cindy se tourne vers les jumeaux.

– Vous pouvez faire ça ? leur demande-t-elle. Et m'envoyer une nouvelle version pour demain après-midi ?

– Pas de souci ! répond David. Ça ne devrait pas poser de problème.

– Bien ! s'exclame Cindy tout en passant une mèche de ses cheveux derrière son oreille. Est-ce que nous sommes tous d'accord pour le bowling jeudi soir ?

Des murmures se répandent dans la pièce. Je regarde la rédactrice en chef d'un air stupide.

– *Ce* jeudi ?

– Oh Gemma ! Je suis désolée. C'est M. Harris qui nous l'a rappelé au cours de la réunion des troisièmes. Nous aurions dû te le dire.

Cindy poursuit sur sa lancée.

– Rendez-vous au bowling de la ville à dix-neuf heures.

– Tu crois que quelqu'un pourra venir te chercher ? me demande Barbara comme une poule qui surveille ses poussins.

– Oui, sûrement ! je réponds distraitement.

– Si ce n'est pas le cas, poursuit-elle, la maman de Cindy pourra te déposer. N'est-ce pas, Cindy ?

Mais cette dernière n'écoute pas. Elle est en train de fouiller son sac à la recherche de quelque chose. Elle est crispée. J'en déduis que le départ précipité de Sam l'a contrariée. Et elle n'est pas la seule !

Je lutte pour ne pas demander à Cindy de jeter mon article. Pourquoi ai-je écrit sur ce sujet ? Il faut être complètement idiote ! Moi qui pensais soutenir celles et ceux qui viendront sans être accompagnés ! En réalité je me suis juste contentée de vider mon sac plein d'amertume.

Et, à présent, Sam sait tout.

Je n'arriverai plus jamais à le regarder dans les yeux.

Je me sens perdue dans un océan de tristesse. Autour de moi, des gens bougent et parlent, mais ce n'est qu'au moment où Cindy m'appelle que je me rends compte que tout le monde est parti. Je suis seule avec la Reine des glaces.

– Gemma !

Elle est en train de déposer sur ses lèvres une couche de brillant. Son regard est fixé sur son image dans le miroir.

– Si je publie ton article mercredi, j'exige que tu respectes ta promesse et que tu prononces le discours de Jessica, vendredi.

J'opine de la tête.

– Parce que sinon, poursuit-elle, je ne publierai jamais plus rien venant de toi. C'est bien compris ?

– Je serai là ! dis-je en me levant.

Ses menaces sont inutiles, même si, visiblement, Cindy n'est pas de mon avis.

– L'école tout entière croit en Jessica Jupiter. C'est grâce à elle que le webzine est si populaire. Si tu te plantes, tu ne verras jamais plus ta signature dans le magazine.

14

Tess passe un bras autour de mes épaules.

– Oh mon Dieu, Gemma ! Mais pourquoi tu ne m'en avais pas parlé ?

Nous sommes mercredi, jour de parution du webzine. Savannah, Tess et moi déjeunons à notre table préférée dans le réfectoire. Sally et Ryan sont installés à l'extrémité, penchés sur le smartphone de Savannah.

– Ton papier est excellent, Gemma ! s'exclame Sally. C'est vrai, après tout, je ne comprends pas pourquoi c'est si important de venir au bal au bras de quelqu'un.

– C'est pas ce que tu racontais la semaine dernière, intervient Ryan. C'est pas toi qui m'as dit que tu voulais que je sois ton cavalier uniquement parce que c'est la honte d'y aller seule ?

Les traits de Sally se figent.

– C'était juste une façon de parler ! proteste-t-elle en me regardant d'un air désolé. Y aller en plan solo, c'est carrément cool.

– Génial alors ! s'exclame Ryan. Du coup, ça ne te pose pas de problème que je sorte avec Bilal et Chris, vendredi soir ?

De toute évidence, Ryan n'a pas encore lu son horoscope. Sinon, il n'aurait pas posé cette question.

Sally lui jette un regard de tueuse.

– Pas question ! Tu vas sortir avec moi vendredi et si, par malheur, tu me laisses en plan plus d'une seconde, je t'embroche ! C'est clair ?

– O.K., O.K. ! s'écrie Ryan. Pas la peine de monter sur tes grands chevaux.

Une fois l'incident passé, Savannah et Tess reportent leur attention sur moi.

– Cet article ne te ressemble pas ! commente Tess. Il est tellement amer !

– Y a un garçon derrière tout ça ? s'enquiert Savannah.

– Pourquoi tu ne nous en as pas parlé ? poursuit Tess. C'est qui ?

– Quelqu'un de la classe ?

– On savait même pas que tu t'intéressais à quelqu'un !

– Mais de quoi vous parlez ? j'interviens soudainement. J'essaie juste d'imaginer le point de vue d'une fille célibataire.

Ryan se joint à la conversation :

– Pas la peine d'imaginer ! Tu sais ce que c'est, le célibat !

– C'est gentil de me le rappeler ! fais-je en avalant le dernier morceau de mon sandwich.

Écrire un papier sur ce sujet était probablement la dernière chose à faire.

Tess s'appuie sur le dossier de sa chaise, l'air surpris :

– Attends une minute ! Tu as dit que tu ne voulais pas de rendez-vous ?

– C'est exact ! ajoute Savannah. On a bien essayé de te motiver, mais tu as toujours dit que tu préférais la jouer solo.

– C'est précisément l'objet de mon article ! dis-je.

– Oui mais ça ne cadre pas du tout avec ta manière de l'écrire ! intervient Tess en s'emparant du téléphone de Savannah pour y lire un passage de mon papier. « Pauvre Cendrillon. Elle qui croyait que son prince était charmant, loyal et gentil… Le blond de sa tignasse et le bleu intense de son regard avaient suffi à déchaîner sa nature passionnée. Et que dire de leur première danse lorsque, tournoyant devant un parterre de nobles, elle sentait que son cœur allait jaillir de sa poitrine tant il battait fort. »

Tess marque une pause et me regarde droit dans les yeux.

– On dirait que t'es complètement amoureuse !

– Un amour *imaginaire* ! je proteste. Je me suis mise à la place d'une Cendrillon, rien de plus !

– Est-ce que tu peux m'expliquer pourquoi tu te sers d'une histoire d'amour pour persuader tes lecteurs qu'on est mieux célibataire ? Dans *Cendrillon*, l'histoire se termine bien et la princesse ne se retrouve pas seule, sur le carreau, comme dans ta version.

– C'est bien pour ça que c'est un conte et pas une histoire ! je réponds en essayant de faire diversion pour qu'elles oublient un peu ma vie personnelle. Est-ce que vous êtes capables de me citer ne serait-ce qu'une histoire vraie qui se termine bien ?

– La révolution industrielle ! intervient Sally.

– C'est à cause d'elle que la planète se réchauffe ! j'objecte.

– La Révolution française ! propose Savannah.

– Et la guillotine, tu penses que c'est une fin heureuse ? je lui demande.

– L'Armada espagnole ! suggère Tess.

– Il faudrait poser la question aux Espagnols, mais je doute qu'ils partagent ton avis.

Tess fait glisser sa chaise pour la coller contre la mienne.

– Gemma ! Qu'est-ce qui t'arrive ? Pourquoi ton article me brise le cœur ?

Je la regarde en engloutissant une poignée de chips. *Parce que c'est Cindy qui va au bal avec Sam, et pas moi !*

– Je ne sais pas ! Le fait d'avoir un petit copain t'a peut-être rendue un peu mièvre ! lui dis-je en lui tendant mon paquet de chips. O.K. Tess ! On va mettre les choses au clair : je me suis simplement laissé emporter pendant que j'écrivais. Je suis heureuse, célibataire. Je ne suis pas amoureuse du prince charmant. Je n'ai pas de rencard pour le bal et ça ne me pose aucun problème.

Je la regarde dans les yeux en espérant qu'elle va finir par me croire.

– Très bien ! répond-elle finalement. Si tu le dis, après tout !

***

Jeudi soir. Mon père m'emmène au bowling.

– Je te récupère à dix heures ! me propose-t-il.

– Ça marche ! Merci.

Je sors de la voiture et claque la portière. La brise chaude passe dans mes cheveux, tandis que je me dirige vers la porte d'entrée. Ça me fait bizarre de m'y rendre seule. D'habitude, j'y vais avec ma famille ou bien avec Tess et Savannah. Je me sens toute nue sans eux.

Je m'invente la conversation que je pourrais avoir avec Sam.

Salut Sam ! Tu as passé une bonne semaine ? J'ai adoré ton article dans le webzine. Mais dis-moi, comment as-tu réussi à découvrir que ce sont les Boogie Machine qui sont programmés pour le bal du collège ? Et toi, tu as pensé quoi de mon article ?

Après tout, peut-être devrais-je me contenter de l'ignorer. Il ne m'a pas adressé un mot de toute la semaine, ni même un regard.

Barbara est la première à me repérer lorsque j'arrive dans l'enceinte du bowling.

– Hé ! Gemma !

M. Harris, M. Chapman et Mlle Davis sont agglutinés au bar tandis que Cindy, Barbara, Will, Phil et David sont assis au bout de la piste.

– Sam n'est pas arrivé ? je demande à Barbara une fois à sa hauteur.

– Il ne vient pas ! déclare Cindy. Apparemment, le bowling n'est pas sa tasse de thé.

Je tente de cacher mon étonnement, mais dans ma tête, mes pensées défilent.

Se sont-ils disputés ?

Elle avait l'air contrariée lundi…

Peut-être cherche-t-il à l'éviter.

Peut-être cherche-t-il à m'éviter.

Peut-être que cette histoire de prince charmant l'a mis mal à l'aise.

Oh mon Dieu, je voudrais mourir !

Je suis soulagée qu'il ne soit pas là.

Au moins, je ne serai pas obligée de parler avec lui.

M. Harris s'approche de nous, les bras chargés de boissons qu'il tente de déposer délicatement sur une table.

Il est suivi de M. Chapman qui porte un plateau de hot dogs et de Mlle Davis qui serre contre elle un grand seau à pop-corn.

– J'espère qu'il n'y a pas de végétariens parmi vous ! s'exclame M. Chapman tandis qu'il pose le plateau à côté des boissons.

– Monsieur Harris, mademoiselle Davis…, il ne fallait pas ! s'écrie Barbara en applaudissant. C'est tellement gentil à vous !

– C'est une sorte de célébration pour nous aussi ! poursuit Mlle Davis, alors qu'un sourire radieux illumine son visage.

– Une célébration ? interroge Barbara, l'air surpris.

M. Chapman passe alors un bras autour de la taille de Mlle Davis. C'est toujours curieux de voir que les professeurs peuvent se comporter comme de véritables êtres humains.

Mais Cindy a déjà remarqué la bague qui brille au doigt de Mlle Davis.

– Oh ! Mademoiselle Davis ! s'exclame-t-elle en lui prenant la main pour mieux admirer le bijou.

– Nous sommes officiellement fiancés, M. Chapman et moi ! annonce-t-elle timidement.

– Fiancés ! je m'écrie en ressentant une vague de bonheur me submerger.

Savannah, Tess et moi avons largement contribué à ce que ces deux-là se rencontrent pendant notre voyage à Paris. Les étoiles ont fait le reste ! C'est en tout cas ce que Savannah aime croire. Personnellement, j'ai toujours pensé qu'ils étaient faits l'un pour l'autre, avec ou sans étoiles.

– Toutes mes félicitations ! je m'exclame avec un grand sourire.

Will, visiblement peu touché par le romantisme de la situation, commence à s'impatienter.

– Est-ce qu'à un moment ou à un autre, on pourra commencer une partie de bowling ?

Je me demande s'il se souvient de ce qui est écrit dans son horoscope. Je m'amuse à doper un peu sa mémoire.

– Oui, il est temps de *lâcher un peu de lest et donner de notre énergie pour quelque chose de drôle* ! dis-je sur un ton léger.

Will me regarde comme si j'étais devenue folle. Jeff se lève et pose son bras sur mes épaules.

– Bonne idée, Gemma ! On se met dans la même équipe !

– J'espère que ça ne te dérangera pas si nous vous laissons jouer ensemble ! intervient alors M. Chapman, tout sourire, qui conduit Mlle Davis en dehors de la piste.

M. Harris se met alors à applaudir bruyamment et, avec enthousiasme, il lance :

– Qui veut de moi dans son équipe ? J'ai peur de ne pas être un spécialiste !

– Avec nous, monsieur Harris ! s'écrie Barbara.

– C'est qui, *nous* ? demande Will.

– Cindy et moi, évidemment ! répond Barbara.

David regarde Jeff.

– Phil et moi, nous allons nous joindre à toi et à Gemma, si ça vous va.

Will jette un regard terne à l'attention de Cindy.

– Ce qui signifie que nous sommes ensemble !

– Je crois que oui, lui répond Cindy en le regardant de la tête aux pieds. Mais si on joue, c'est pour gagner ! C'est clair ?

Ce n'est pas parce que Will fait une tête de plus que Cindy qu'elle est du genre à se dégonfler quand il s'agit de se faire comprendre.

– Évidemment ! répond Will en passant une main dans ses cheveux. Sinon, je ne vois pas l'intérêt.

C'est M. Harris qui commence la partie. À peine a-t-il lancé sa boule qu'elle est comme aspirée par la gouttière de la piste.

– Je vais prendre le coup, c'est sûr ! s'excuse-t-il.

Vient ensuite Jeff. Et c'est un strike d'entrée ! Donnez une boule ou une balle à Jeff, quelles que soient sa taille ou sa couleur, et il saura toujours quoi en faire.

Quand vient le tour de Will de jouer, celui-ci passe un temps infini à choisir la boule qu'il va lancer.

– Bon bah, prends n'importe laquelle ! s'énerve Cindy.

– Je dois trouver le poids exact, commente-t-il sans quitter des yeux le rack sur lequel les boules sont rangées. Je croyais que tu avais dit qu'on était là pour gagner.

– Et moi je pensais qu'on était là pour s'amuser ! complète Jeff en rigolant.

Will finit par choisir une boule, qu'il fait tourner devant lui pour l'analyser sous toutes les coutures.

– Après tout ce cinéma, tu as intérêt à nous sortir un strike ! l'avertit Cindy.

– Je me retrouve dans une équipe composée de deux filles et d'un prof ! lui répond Will. Je suis votre seul espoir.

– Oh vraiment ? s'énerve Cindy en posant les mains sur ses hanches.

– Ne sous-estime pas les filles, Will ! intervient Barbara en même temps qu'elle plonge la main dans le seau à pop-corn.

Will est maintenant en train d'analyser scrupuleusement la distance idéale pour lancer sa boule sur la piste.

Finalement, je ne suis pas certaine que Will parvienne à « lâcher du lest ». J'imagine Jessica, secouant la tête. *A-t-il au moins lu son horoscope ?*

Après cette attente interminable, Will finit par lancer sa boule sur la piste. Elle roule vite, très vite ! Sa trajectoire s'incline tout à coup sur la fin de sa course et la boule vient abattre toutes les quilles dans un fracas retentissant.

Will se tourne vers Cindy et opine du chef pour montrer sa satisfaction.

– Pas mal ! concède-t-elle en plissant les yeux.

Phil fait tomber six quilles et Barbara en abat huit. Après que David en frappe neuf, c'est au tour de Cindy de s'installer sur la piste.

– Prends-en de la graine, Will ! se réjouit Barbara. Elle a le bowling dans le sang.

Cindy fait quelques mouvements d'assouplissement et s'empare d'une boule rose. Je me demande si elle l'a choisie pour son poids ou parce qu'elle est assortie au col de son polo en cachemire. Elle lance la boule, qui glisse avec élégance le long de la piste, presque au ralenti, avec une précision extrême. D'un coup, elle abat toutes les quilles.

– *Yesssss !* s'exclame-t-elle en levant les bras au ciel.

– Pas mal, Cindy ! commente Will qui applaudit.

– *Pas mal ?* reprend-elle en le fusillant du regard. C'était parfait, tu veux dire !

C'est à mon tour de jouer à présent. Je sens comme un nœud à l'estomac. Je ne demande pas grand-chose, juste que la boule n'aille pas directement dans la gouttière. Cindy et Will donnent un air de compétition à cette soirée, auquel je ne suis pas habituée. Je tente d'ignorer leurs regards. On dirait deux chiens de chasse qui ont repéré un lapin.

Je respire profondément et lance la boule sur la piste. Sa trajectoire est correcte et elle vient taper au milieu du groupe de quilles.

Mais j'entends tout à coup Jeff siffler derrière moi.

– Tu as mordu sur la ligne, Gemma ! s'écrie-t-il.

Ma joie s'évapore aussi vite qu'elle est arrivée. Tout est à refaire.

Cette fois, je vise les trois quilles sur la gauche. Mon rythme cardiaque s'accélère à mesure que la boule s'approche dangereusement de la gouttière. Mais elle garde sa trajectoire et vient frapper non seulement les trois quilles, mais aussi deux autres qui se trouvaient à côté.

Barbara enregistre mon score.

– Bien joué, Gemma !

– On pourrait peut-être désactiver les gouttières ! propose Will en se grattant l'arête du nez.

– Ça rendrait le jeu trop simple ! répond Jeff.

M. Harris hausse les épaules comme pour s'excuser.

– Ce serait peut-être pour le mieux ! suggère-t-il.

– Certainement pas ! s'énerve Cindy en tapant du pied. Il faut s'appliquer, un point c'est tout.

Facile pour toi, je pense, furieuse. *Toi, au moins, tu es bonne à ce jeu.*

Nous continuons donc de jouer avec ces deux gouttières de chaque côté de la piste, comme deux chemins qui mènent aux enfers.

M. Harris cherche à optimiser sa technique et à se tenir éloigné des gouttières. Pour ma part, j'y termine à deux reprises. Au dernier coup, les scores sont assez nets. David et Jeff rattrapent mes scores et ceux de Phil. Barbara et M. Harris sautent de joie chaque fois qu'ils font tomber une quille, tant l'occasion est rare, mais Will et Cindy sont de véritables machines de guerre. C'est d'ailleurs à se demander si la compétition ne se tient pas plus entre eux que contre l'autre équipe.

– Les scores sont serrés ! annonce Jeff tandis que M. Harris prépare sa dernière boule.

Il va falloir que je sorte le grand jeu pour avoir une chance de gagner. Jeff fait un strike, tout comme Will. Cindy s'approche pour lancer sa dernière boule sous le regard pesant de Will.

– Vas-y, Cindy ! marmonne-t-il.

Le regard de Cindy est figé sur le bout de la piste. Elle lance sa boule, qui vient s'aligner parfaitement au centre et percuter le groupe de quilles qui vole en éclats.

– Bravo ! rugit Will.

Cindy saute de joie et adresse un immense sourire à son compagnon de jeu. Pendant un moment, c'est comme s'il n'y avait qu'eux deux sur la piste.

– Tu es géniale, Cindy ! hurle Barbara.

– Ce n'est pas encore fini ! intervient Jeff qui me pousse du coude.

Je déglutis bruyamment. Toute la pression s'écrase sur mes épaules.

– Il me faut un strike pour gagner ! dis-je, haletante.

Mes mains tremblent pendant que je choisis la boule. Je m'empare de celle qui me semble la plus adaptée et vise l'extrémité de la piste. La boule roule le long de la piste et sa trajectoire finit par s'incurver au moment de l'impact.

À l'instant où la boule disparaît, je constate qu'il reste deux quilles debout, disposées de part et d'autre de la piste.

– Pas de chance, Gem ! me console Jeff en posant sa main sur mon épaule.

Pas moyen de faire tomber les deux quilles restantes en une seule fois, elles sont trop éloignées. Jeff se tourne alors vers Will.

– Vous avez gagné !

Will lance son poing en l'air en signe de victoire. Quant à Cindy, elle se met à hurler avant de s'accrocher au cou de son partenaire.

Will se fige, surpris par le geste d'affection de celle que l'on surnomme généralement la Reine des glaces. L'expression qui se lit sur son visage est celle d'une enfant de huit ans sur une montagne russe. Mais il choisit cet instant pour prendre Cindy dans ses bras à son tour et la serrer fort contre lui. Je crois que je ne l'avais jamais vu sourire avant cet instant, encore moins montrer qu'il est heureux.

Et maintenant, il a bel et bien l'air heureux…

J'attends impatiemment de voir la tête de Cindy lorsqu'elle réalisera qu'elle est en train d'enlacer Will. Mais rien ne vient. Je la vois juste s'abandonner.

– Belle partie, Will ! dit enfin Cindy.

– Toi aussi, tu as bien joué ! lui répond-il avec un large sourire.

La prédiction de Jessica s'est révélée juste. Will s'est fait étreindre. Mais le plus inattendu, c'est que c'est Cindy qui l'a pris dans ses bras ! C'est bien la dernière à qui j'aurais pensé.

– Qui veut du pop-corn ? interrompt M. Harris.

Cindy se défait de l'étreinte de Will et sourit à M. Harris.

– Avec plaisir ! lui répond-elle, les joues rosées et brillantes.

Je me dirige vers la table et attrape mon verre de limonade. Barbara s'approche de moi.

– T'as vu ce que j'ai vu ? me glisse-t-elle à l'oreille.

– On a tous vu la même chose ! chuchote Jeff.

Je jette un œil par-dessus mon épaule. J'aperçois Will qui conduit Cindy loin des spots qui éclairent les pistes.

– Mais où vont-ils ? je demande.

Barbara arrive à peine à respirer, estomaquée par le spectacle auquel elle vient d'assister.

– C'était un de ces *moments magiques*, n'est-ce pas ? articule-t-elle péniblement.

– C'est pourtant pas nouveau ! grogne Jeff.

Barbara se tourne vers lui, les yeux écarquillés.

– Qu'est-ce que tu veux dire ?

– Tu n'avais pas remarqué ? répond Jeff. Will ne rate jamais une occasion de regarder les jambes de Cindy, ou de lui envoyer des piques. Quant à Cindy, elle trouve toujours le moyen de l'embêter.

– Je croyais que c'était parce qu'ils se détestaient ! dis-je.

– Pauvre Gemma ! me répond-il, amusé. En septembre, tu rentres en troisième. Tu comprendras alors ce que je veux dire.

– Je ne suis pas complètement débile ! Mais… Et Sam dans tout ça ? Il n'est pas censé sortir avec Cindy ?

Barbara s'approche alors de moi et me souffle à l'oreille.

– Sam a refusé ! Elle lui a bien demandé de l'accompagner au bal du collège, mais il lui a dit non.

Je sens le sol s'effondrer sous mes pieds.

– Mais…

– Je sais ! m'interrompt Barbara. Ils auraient formé un couple tellement beau !

– J'ai toujours cru qu'ils étaient ensemble ! je m'exclame.

– Qu'est-ce qui a bien pu te faire croire ça ?

– Le bracelet ! À cause du bracelet qu'il lui a offert à Paris !

Tout à coup, tout se mélange dans ma tête. Je ne comprends plus rien.

– Ah mais non, pas du tout ! répond vivement Barbara. Il ne lui a jamais offert de bracelet. Il lui a juste avancé l'argent pour l'acheter. Elle est tombée raide dingue de ce bracelet, mais elle n'avait pas un centime pour se l'offrir, alors Sam lui a proposé de lui prêter. Et puis elle l'a remboursé à notre retour.

– Oh mon Dieu ! Mais alors, Sam et Cindy n'ont jamais été ensemble ?

Barbara est visiblement intriguée par mon attitude.

– Non… Jamais ! Mais pourquoi ? Est-ce si important ?

Oh oui !

Ça veut dire que lorsque Sam me disait qu'il préfère les boucles aux cheveux raides, il ne se moquait pas de moi ! Il le pensait vraiment !

Et moi qui lui ai volé dans les plumes ! Il doit me prendre pour une psychopathe. Il faut absolument que je trouve un trou de souris pour m'y cacher et en ressortir dans un siècle.

– Barbie ! s'écrie Cindy qui accourt vers nous. Will m'a demandé s'il pouvait m'accompagner au bal de fin d'année !

– Mais c'est génial ! hurle Barbara en lui attrapant les mains. Je le savais, poursuit-elle. Je t'avais dit qu'il t'aimait bien !

– Mais il a été si méchant avec moi ! répond Cindy.

– C'est Will tout craché ça ! C'est sa manière de montrer qu'il aime.

Les sourcils de Cindy dessinent tout à coup un arc qu'elle réserve généralement aux pires occasions.

– Plus pour longtemps ! C'est moi qui vous le dis ! s'exclame-t-elle avec une détermination digne de la Reine des glaces.

Il faut que Will se prépare à une reprogrammation en profondeur !

15

Le petit sac à dos rose posé sur les épaules de Savannah rebondit en même temps qu'elle sautille sur place, excitée comme une puce.

– Je n'arrive pas à croire qu'on va rencontrer Jessica Jupiter en vrai.

Nous sommes sur le chemin de l'école. Je transporte le costume de Jessica, soigneusement plié dans le sac qui me pèse sur les épaules. Quant au chapeau, je l'ai enveloppé avec des dizaines de sacs plastiques pour le protéger.

– Pourquoi n'êtes-vous pas plus excitées ? demande Savannah.

Tess me fait un clin d'œil.

– Mais je suis à fond ! dit-elle. J'ai vraiment hâte d'écouter le discours de Jessica. Ça va être top !

Je rendrais bien son clin d'œil à Tess, mais Savannah me regarde, l'air suspicieux. D'ailleurs, la première chose qu'elle m'a demandée quand nous nous sommes retrouvées au coin de la rue, c'est pourquoi j'étais si chargée.

J'ai évidemment menti et je lui ai répondu que j'allais rendre mes livres. Elle n'a pas cherché à en savoir plus, préférant parler de Jessica.

– Est-ce que vous croyez que je vais avoir l'occasion de lui parler ? Je voudrais au moins pouvoir la remercier de m'avoir fait rencontrer Marcus. Je ne me serais peut-être pas rendu compte à quel point il est merveilleux si Jessica ne m'avait pas ouvert les yeux.

La question de Savannah me terrifie. Heureusement que je n'ai pas pris de petit-déjeuner ce matin, sans quoi il serait remonté direct ! Si je dois pouvoir tromper tout le collège, Savannah, elle, ne sera pas dupe si elle s'approche de Jessica Jupiter. Elle verra forcément que c'est moi.

Je me dis alors qu'il serait plutôt futé de changer de sujet.

– Mlle Davis et M. Chapman nous ont annoncé leurs fiançailles au bowling hier.

– Quoi ? hurle Savannah. Et toi, tu nous dis ça comme ça, maintenant…, dans la rue ! Et le téléphone alors, ça sert à quoi ? Je sais pas moi, t'aurais pu tweeter un truc, non ? C'est le genre d'infos qui doivent être partagées dans l'instant, en temps réel !

– Et pourquoi donc ? je m'enquiers.

Savannah me dévisage comme si j'étais complètement stupide.

– Tu plaisantes ? Est-ce que tu sais au moins que ma mission, au collège, c'est de tout savoir sur tout et d'être toujours la première à l'apprendre ?

– Et la mission de Sally, c'est quoi alors ? je demande.

– D'être la première à l'apprendre de ma bouche ! s'exclame-t-elle.

– Moi, je pense que les profs ne devraient pas être autorisés à se marier ! intervient Tess. Pense un peu à leurs enfants. Rien que des gènes de profs ! T'imagines le truc ?

– Et je te parle pas du travail à la maison. Profs vingt-quatre heures sur vingt-quatre ! j'ajoute.

– Moi, je trouve ça cool, roucoule Savannah. Ils sont ensemble au travail et aussi à la maison. Ils ne se quittent jamais.

Je passe mon bras sous celui de Savannah et nous poursuivons notre chemin vers l'école.

– Tu es tellement romantique, Savannah ! lui dis-je.

– Et pas toi ?

– Non, pas du tout ! fais-je en sachant combien ce que je raconte là n'est qu'un tissu de mensonges.

La nuit dernière, je n'arrivais pas à dormir, terrifiée à l'idée du discours qui m'attendait. Et je pensais à Sam… Entre une heure et quatre heures du matin, j'ai tenté de me souvenir de toutes les choses gentilles qu'il m'a dites depuis que je le connais, et de toutes ses petites attentions. Et j'en suis arrivée à la conclusion que cela fait déjà un moment qu'il m'aime bien.

Et moi, j'ai été si horrible avec lui qu'il ne voudra probablement plus jamais me parler. Je vais vieillir et mourir sans que Sam m'ait jamais embrassée.

– Qu'est-ce qui ne va pas ? demande Savannah en me regardant dans les yeux. On dirait que tu es sur le point de pleurer.

Je ne réponds pas à sa question et change de sujet.

– Est-ce que tu pourras dire à Mlle Davis que je vais manquer l'appel parce que je dois aller faire des trucs pour le webzine ?

En réalité, il faut que je me dépêche d'enfiler le costume de Jessica. Le simple fait de penser à ce qui m'attend efface en un instant toute autre forme d'inquiétude dans mon esprit. Tess me regarde.

– Tu veux un coup de main ?

– Un coup de main pour quoi ? interroge Savannah.

– Rien, rien ! je réponds sur un ton léger. Tout va bien ! Cindy veut que je fasse une compilation des meilleurs articles du webzine. Du coup, je risque de rater le discours.

Savannah me fixe avec des yeux ronds.

– Mais ça veut dire que tu vas rater Jessica, aussi !

J'aimerais tant qu'elle ait raison !

– J'essaierai de m'échapper de temps à autre pour l'écouter depuis les coulisses.

Tess me prend soudain dans ses bras.

– Bonne chance, me murmure-t-elle à l'oreille.

Elle tire ensuite Savannah par le bras pour l'entraîner et l'empêcher ainsi de me bombarder de questions. J'attends qu'elles disparaissent avant de me mettre à courir vers le QG du webzine.

Cindy m'y attend.

– Tu as le costume ?

Je jette mon sac au sol, soulagée de ne plus avoir à le porter. Le sprint que je viens de piquer m'a achevée.

– Assieds-toi, me propose Cindy. Tu as l'air exténuée. Tout ira bien tu sais, Gemma. Tu seras parfaite. Je n'ai aucun doute là-dessus.

J'ai du mal à reconnaître Cindy. Physiquement, elle n'a pas changé, mais on dirait pourtant que ce n'est plus la même. Où est donc passée la Reine des glaces ? Celle qui vous fusille du regard, celle qui vous tombe dessus au moindre faux pas ou lorsqu'elle n'obtient pas de vous ce qu'elle souhaite ? Elle paraît pourtant sincère ! Je la dévisage et me demande s'il faut que je me fie à cette nouvelle incarnation.

– Est-ce que je peux voir ce que tu as acheté ?

J'opine du chef, incapable de prononcer un mot tant je suis essoufflée.

Cindy ouvre mon sac et en sort le costume.

– Oh mon Dieu ! C'est super ! Et pour tes cheveux, comment comptes-tu t'y prendre ?

– Une perruque ! je réponds en montrant le sac plastique. Elle est avec le chapeau.

En sortant la perruque et le chapeau, Cindy tombe sur le faux nez.

– Oh ça, c'est une super idée, Gemma. Merci pour tout ce que tu fais ! me déclare-t-elle avec un large sourire, les yeux brillants d'une intensité que je ne leur connaissais pas.

– J'ai hâte de voir la tête du public. Et celle de Will en particulier. Il continue d'être persuadé que Jessica n'apparaîtra pas, ajoute-t-elle.

– Il a un peu raison ! dis-je, la boule au ventre.

Mais Cindy n'entend pas.

– Je me demande si je devrais avouer la vérité et dire que c'est toi qui te caches derrière les traits de Jessica, depuis tout ce temps. Je me sens un peu mal à l'aise de tromper tout le monde comme nous le faisons.

– Peut-être, mais je suis convaincue que moins il y a de monde au courant, mieux c'est pour nous. J'aimerais qu'on me prenne au sérieux l'année prochaine !

– Évidemment ! s'exclame Cindy en dégageant ses cheveux de son visage. Tu as été brillante sous la plume de Jessica, mais je sais combien écrire est important pour toi.

– Vraiment ?

Mais alors pourquoi, depuis tout ce temps, tu fais tout ce que tu peux pour effacer mon nom du générique ?

– Bien entendu ! L'année prochaine sera toute différente. Finies les querelles avec Will. On travaillera en équipe. Et tu auras ta propre rubrique.

– C'est possible ? dis-je sans la quitter des yeux.

– Absolument ! me répond-elle, tout sourire. Mais promets-moi que tu continueras aussi d'écrire les horoscopes de Jessica ?

– C'est d'accord !

Le prix à payer n'est finalement pas si élevé !

Cindy vérifie l'heure sur la pendule du QG.

– On ferait mieux de se dépêcher. Le discours doit avoir lieu dans une demi-heure.

Si revêtir le déguisement n'est pas bien compliqué, enfiler ma perruque et dompter mes cheveux, c'est une autre affaire. Cindy m'aide pour les maîtriser et, après avoir tiré ma tête dans tous les sens, elle finit par s'asseoir, dépitée, la perruque en vrac posée sur ses genoux.

Son visage s'illumine tout à coup.

– J'ai une idée ! fait-elle alors qu'elle commence à fouiller dans son sac Louis Vuitton d'où elle sort une paire de collants neufs.

– Je suis toujours prévoyante ! complète-t-elle.

Elle me demande alors de former un chignon avec la masse de mes cheveux et, d'un geste rapide, elle vient placer le collant au-dessus de ma tête.

Elle fait un pas en arrière et s'exclame :

– On devrait peut-être ajouter ça sur le CV de Jessica : braqueuse de banques !

Le Nylon comprime mon crâne. Cindy s'évertue à coincer les dernières boucles récalcitrantes, puis elle fait un nœud pour qu'aucune mèche ne s'échappe et enferme le tout en coiffant ma tête à l'aide de la perruque.

– Très joli ! déclare-t-elle en admirant son travail.

Elle sort un petit miroir de son sac de Mary Poppins et le pose sur le bureau devant moi.

– Vas-y, mets ton faux nez pendant que je prends mon nécessaire de maquillage.

À l'aide de la colle spéciale que le vendeur du magasin m'a procurée, je mets en place le nez en plastique.

– Je vais te faire un maquillage plutôt sombre ! propose Cindy en commençant à travailler mon visage. J'imagine Jessica avec la peau bronzée, pas toi ?

J'opine de la tête. Je lui laisse la responsabilité de cette mission, préférant me consacrer au discours que je vais prononcer dans quelques minutes.

Mes chers lecteurs. Je suis tellement heureuse de m'adresser à vous aujourd'hui.

Non.

– Voilà ! s'exclame Cindy, qui vient de me coller des faux cils et qui a terminé le maquillage par un très joli brillant à lèvres.

Elle sort le chapeau du sac en plastique et me le tend. Je le pose sur ma tête et me regarde dans le miroir.

C'est incroyable ! L'image qu'il me renvoie ne me ressemble absolument pas. Certes, le sourire ou l'expression des yeux, c'est bien moi, mais le reste appartient à quelqu'un d'autre. Pour terminer, je dispose le voile devant mon visage.

– Qu'est-ce que tu en penses ? dis-je à Cindy en me tournant vers elle.

Elle met la main devant sa bouche pour réprimer un cri.

– Oh ! Gemma, c'est parfait ! Jamais personne ne pourra deviner que c'est toi.

Mon estomac est noué. Le discours va avoir lieu dans cinq minutes. Je tâtonne au fond de mon sac pour trouver mes notes.

– J'étais tellement inquiète ! souffle Cindy. J'étais persuadée que ce serait la pire fête de fin d'année de toute ma vie. Mais maintenant, je suis rassurée. Je sais que tout ira bien. Et je vais même me rendre au bal au bras d'un prince charmant !

Ses yeux pétillent de mille feux.

– Je ne pouvais pas le croire, quand Will m'a demandé de sortir avec lui ! poursuit-elle. Jamais je n'aurais pensé qu'il pouvait s'intéresser à moi. Mais quand nous nous sommes pris dans les bras, je me suis sentie si bien. Tu réalises combien il est merveilleux ?

Cindy est rayonnante. Je n'en reviens toujours pas de son changement d'attitude. Et Sam, dans tout ça ? Elle a essayé de l'attirer toute l'année. Maintenant, c'est comme s'il n'existait plus. Et moi, dans cette histoire ? Elle m'a fait croire qu'ils étaient ensemble, qu'il lui avait offert un bracelet qu'elle s'amusait à faire tinter sous mes oreilles. Je relève alors le menton et la regarde fixement à travers le voile de mon chapeau.

– Pourquoi est-ce que tu m'as fait croire que tu sortais avec Sam ?

Cindy marque une longue pause, puis elle fait mine de s'étonner.

– J'ai fait ça ?

– Oui ! À Paris, tu m'as même dit que Sam t'avait offert un bracelet.

– Mais je n'ai jamais raconté que nous sortions ensemble ! m'interrompt-elle, les joues rosées.

– C'est pourtant ce que tu voulais me faire croire, n'est-ce pas ?

Déguisée de la sorte, je suis en train d'entrer dans la peau de mon personnage et prends rapidement l'assurance de Jessica Jupiter.

Je suis certaine que Cindy a déjà oublié que je ne suis qu'une petite quatrième. Elle ne me rejette pas et me sourit.

– C'est vrai ! admet-elle. J'avais envie que tu le croies. Je voyais comment il te tournait autour et ça me rendait furieuse.

– Mais alors, c'est que tu l'aimais bien !

– C'était le cas, avant que je ne voie Will. Il est tellement plus mûr. Il a même un petit boulot après l'école, tu le savais ? Il compte bien ainsi économiser pour entrer à l'université. Sam, lui, pense plutôt faire le tour de l'Europe avec son groupe quand il aura terminé l'école. Est-ce que tu peux imaginer quelque chose de plus puéril ?

Personnellement, je trouve que ça a l'air génial ! Mon cœur s'alourdit tout à coup à l'idée de le voir partir. J'ai tellement rêvé de faire partie du futur de Sam que cette éventualité m'arrache le cœur. Toutes mes chances avec lui ont été ruinées à cause de Cindy et de son stupide bracelet.

– Allons-y ! s'exclame Cindy qui s'est levée et m'a ouvert la porte du bureau.

Je m'empare de la cravache qui accompagne le costume et me demande si je ne devrais pas m'en servir sur Cindy. Je préfère oublier l'idée, ça bouleverserait Will.

Je marche dans le couloir, rassurée par le bruit lourd que font mes bottes sur le sol. Je ressemble à Jessica Jupiter, mais suis-je capable de l'incarner au point de duper tout le collège ?

16

– Monsieur Harris ! Je vous présente Jessica Jupiter.

Nous sommes dans les coulisses de la scène. Cindy me précède lorsque nous arrivons devant M. Harris. J'essaie de ne pas paraître terrifiée et tente de prendre une voix profonde pour saluer mon professeur.

– Je suis enchantée de faire votre connaissance !

– Mademoiselle Jupiter, c'est un plaisir de vous rencontrer ! me répond M. Harris en me serrant la main chaleureusement. Vous êtes la star du collège de Green Park.

Il ne m'a pas reconnue ! Je sens une vague d'excitation déferler en moi jusqu'à ce que je prenne conscience qu'il ne s'agit que de

M. Harris que je suspecte parfois d'être incapable de reconnaître sa propre femme.

– Je ne sais pas si vous avez préparé un petit discours, mais j'ai pensé que nous pourrions mettre en scène quelque chose d'interactif. Les élèves pourraient vous poser des questions, et vous y répondriez en direct ! Qu'en pensez-vous ?

– Ça me semble être une excellente idée ! je réponds, pressentant que les notes que j'ai préparées pour l'occasion ne me seront d'aucune utilité.

Chères étoiles, si vous avez le moindre pouvoir, c'est le moment de me venir en aide !

J'entends le brouhaha de la salle. Je passe discrètement ma tête entre deux rideaux pour espionner un instant l'assistance. Des centaines de visages sont tournés vers la scène.

M. Harris pose tout à coup sa main sur mon bras et me demande de patienter là quelques instants. Il entre seul sur scène. J'ai la sensation affreuse que, à cet instant, je partage une petite cuillère d'oxygène avec deux mille poumons.

Cindy s'approche de moi.

– Ne te fais pas de souci, Gemma ! Il n'y en a pas pour longtemps.

Tandis qu'elle me parle, j'entends la salle exploser dans les cris des élèves qui applaudissent à tout rompre. Je vois alors M. Harris tendre les bras dans ma direction. Cindy me pousse délicatement et je pénètre sur la scène.

J'ai beau me dire qu'ils sont tous heureux de me voir, je sens malgré tout mon cœur sur le point d'exploser. M. Harris demande au public de se calmer et de faire le silence. Je parcours l'assistance à la recherche de Tess. Quand mes yeux tombent sur elle, elle me fait un grand sourire.

– Voici mademoiselle Jupiter ! s'exclame M. Harris en m'attrapant par le bras pour me rapprocher de lui. Comme vous le constatez, dit-il à mon attention, nous sommes tous très heureux de vous compter parmi nous aujourd'hui.

J'ouvre la bouche mais, à mon grand étonnement, aucun son n'en sort. Je ne parviens pas à quitter des yeux ces centaines de visages braqués sur moi. J'essaie de me concentrer sur Tess, mais la tête me tourne. Je sens que je vais m'évanouir. Je ne suis pas Jessica Jupiter. Je suis une quatrième déguisée. Comment ai-je pu penser que je serais capable de faire une chose pareille ?

– Comment avez-vous débuté dans l'univers de l'astrologie, mademoiselle Jupiter ? me demande M. Harris.

– Je ne sais pas !

La réponse est sortie toute seule.

– Vous…, vous ne savez pas ? répète M. Harris, les yeux écarquillés.

Panique à bord !

J'ai alors trois possibilités. Je peux m'enfuir en hurlant. Je peux rester plantée devant M. Harris, silencieusement, jusqu'à ce que tout le monde finisse par quitter la salle, lassé par l'attente interminable d'une réponse qui ne viendrait jamais. Ou bien je peux faire quelque chose. Cette dernière option me paraît la meilleure.

Je prends une profonde respiration et me souviens à cet instant de la première fois où j'ai endossé le personnage de Jessica Jupiter. J'étais à la maison, confortablement installée dans le sofa, pensant à ces merveilleuses stars de cinéma des films en noir et blanc que j'avais l'habitude de regarder avec maman. J'ai glissé dans la peau du personnage de la manière la plus agréable qui soit, pour essayer de donner vie à un projet complètement absurde.

– Non, je ne sais pas ! je dis à nouveau, cette fois en usant de la voix que j'ai créée pour mon personnage. Je ne sais pas parce que je n'étais pas là.

M. Harris, visiblement intrigué par ma réponse, me regarde fixement.

– Vous n'étiez pas là ? reprend-il.

– J'essayais de m'en sortir dans un journal à New York, pour payer le loyer de mon appartement dans le centre-ville. Un matin, alors que je traversais la salle de rédaction, Lou, le rédac' chef, me demande de venir le voir. « Jessica ! m'a-t-il dit avec son accent de Brooklyn, Psychic Sal vient d'être percutée par un bus. Tu seras notre nouvelle astrologue. Je veux cinq cents mots pour ce midi. »

Je me tourne alors vers M. Harris et je poursuis :

– À ma grande surprise, je lui en ai remis plus de mille !

J'entends le public glousser. Je relève le menton.

– Et votre nom, Jessica Jupiter, d'où vient-il ? interroge M. Harris.

– Oh mon cher ami !, je réponds en attrapant son bras. Si vous saviez le nombre de noms que j'ai eus. J'ai même du mal à me souvenir de celui que j'avais quand j'étais petite. Pippa quelque chose, je crois. Après quatre maris et une myriade de pseudonymes, je me suis arrêtée sur Jessica Jupiter.

Je marque une pause pour jeter un œil discrètement à Cindy.

– C'est un nom idiot, je vous l'accorde. Mais il me plaît. Alors je l'ai gardé.

– Quatre maris, dites-vous ! C'est pour cela que vous vous êtes installée à New York ?

– Non, non, pas du tout ! Je ne me suis mariée à un Américain que bien plus tard ! Mais je vais vous épargner les détails ennuyeux de toute cette histoire.

Je me rends compte tout à coup que je commence à ressentir du plaisir à monter toute cette mise en scène.

– Oh ! S'il vous plaît, mademoiselle Jupiter ! s'étouffe M. Harris.

Un murmure d'enthousiasme s'élève du public. Mon esprit est en pleine effervescence, il faut que je continue à tisser cette histoire.

– J'étais en fuite lorsque j'ai débarqué en Amérique. Je cherchais à échapper à mon premier mari. C'était une brute épaisse. Riche comme un prince, mais un véritable goujat. Un jour, il m'a pourchassée, armé d'un revolver ! En fait, il ne voulait pas divorcer. Alors, j'ai pris le premier vol que j'ai trouvé. Et celui-ci s'est posé à New York. Je n'avais emporté que ma paire de chaussures fétiche et ma machine à écrire. Rien de plus. Il fallait que je trouve un travail et vous me concéderez qu'une paire de chaussures, ce n'est pas bien utile pour cela. J'ai donc utilisé ma machine à écrire. C'est ainsi que je suis devenue journaliste.

– Une machine à écrire ? répète M. Harris, l'air ahuri. C'était donc il y a très longtemps ?

Je prends une mine chiquée en me tournant vers le public.

– Êtes-vous en train de faire référence à mon âge ? Seriez-vous un parfait impoli, monsieur Harris ?

Le public se met alors à hurler et à applaudir plus fort que jamais.

– Je ne voulais pas ! s'exclame M. Harris. Je vous prie de bien vouloir m'excuser, mademoiselle Jupiter. Mais c'est parce que vous paraissez si jeune que j'ai du mal à vous imaginer avec une machine à écrire.

– J'ai conclu un pacte avec le Diable pour garder la jeunesse éternelle, monsieur Harris, je plaisante. Comme n'importe quelle femme qui se respecte ! C'est bien moins cher qu'une opération de chirurgie esthétique.

Je vois la peur se refléter dans les yeux de M. Harris. Je me suis éloignée du sujet et il tente de me remettre dans le chemin.

– Comment faites-vous pour écrire vos horoscopes ? demande-t-il d'une voix forte.

Je marque une pause. Je ne peux tout de même pas leur dire que j'écris ce qui me passe par la tête.

– Je regarde les étoiles ! j'explique. Et j'observe leur alignement. On peut affirmer sans se tromper que ce sont les mouvements de corps célestes qui sont à la source de changements dans notre destinée. Évidemment, il y a aussi un grand nombre de choses que j'écris qui sont fondées sur mon intuition.

Et sur la chance ! ai-je envie d'ajouter.

– Pourquoi pensez-vous que vous êtes si proche du jeune public ? m'interroge M. Harris.

La réponse est simple.

– Parce que mon cœur est encore jeune ! J'ai l'impression d'avoir toujours quatorze ans et je n'ai pas oublié ce que c'est que de se lever chaque matin en espérant que nos rêves se réaliseront. J'espère apporter un peu d'assurance dans un monde où règne l'incertitude.

M. Harris presse les paumes l'une contre l'autre.

– Merci, mademoiselle Jupiter. Je vais maintenant laisser la parole au public ! Qui veut commencer ? Levez la main, ceux qui veulent poser une question à Mlle Jupiter.

Une forêt de bras se lève alors.

– Oui, Karen Ball, classe de cinquième ! pointe nerveusement du doigt M. Harris. Quelle est ta question ?

Karen Ball se lève.

– Faites-vous toujours ce que les étoiles vous recommandent ?

– Tout est question d'équilibre. Les étoiles guident mon cœur, mais c'est le bon sens qui guide mon esprit. Il y a quelques semaines, Pluton me promettait par exemple que j'allais rencontrer l'amour dans un bus numéro six. Avez-vous eu l'occasion de prendre le bus récemment, ma chère ? Eh bien c'est un véritable nid à germes et je n'avais pas l'intention de tomber malade en cherchant à tomber amoureuse !

Le public se met à rire doucement.

– Question suivante ?

Savannah se lève en secouant la main aussi haut qu'elle le peut.

Je regarde fixement M. Harris et tente de lui envoyer un message par télépathie. *Ne laissez pas Savannah me poser une question.* Si je la regarde dans les yeux, je sais qu'elle me reconnaîtra.

Mais M. Harris n'interprète pas mon attitude comme je l'escomptais.

– Nous t'écoutons, Savannah ! dit-il en souriant.

Le visage de Savannah s'illumine d'un immense sourire.

– Il ne s'agit pas d'une question. Je veux juste remercier Mlle Jupiter, dit-elle. Si vous n'aviez pas été là, jamais je n'aurais rencontré mon amoureux.

– Je suis enchantée de l'entendre ! fais-je en évitant autant que possible le regard de mon amie.

– Mademoiselle Jupiter ? intervient tout à coup Sam en se levant. Est-ce que si les étoiles prédisent quelque chose de mauvais... Quelque chose d'inévitable, comme un avion qui s'écrase ou bien être rejeté par une fille quand vous l'invitez à sortir, pensez-vous que c'est une bonne idée d'avertir les gens quand, de toute façon, il n'y a plus rien à faire ?

Je sens une vague de chaleur m'envahir jusqu'aux joues.

– Pour être tout à fait honnête, les mensonges sont toujours sources de problèmes. Et même si je peux dissimuler la vérité quelque temps, celle-ci finit toujours par apparaître.

Je me tourne vers M. Harris et lui murmure :

– Je pense que c'est assez pour aujourd'hui, n'est-ce pas ? Je me sens un peu fatiguée.

J'ai de plus en plus de mal à garder la voix et le ton hautain de Jessica. Si je reste sur scène plus longtemps, je sens que je vais être démasquée.

– Bien entendu ! me répond M. Harris en posant sa main sur mon bras. Nous vous remercions, mademoiselle Jupiter, d'être venue jusqu'ici pour nous parler.

Il s'adresse maintenant au public.

– Je vous demande de bien vouloir offrir à Mlle Jupiter le tonnerre d'applaudissements qu'elle mérite.

Lorsque le vacarme s'élève de la foule, j'ai l'impression que les murs se mettent à vibrer. Après avoir fait un petit geste de la main, je m'empresse de me rendre en coulisses. Cindy, qui m'attendait là, m'accueille avec un grand sourire.

– Vous avez été formidable, mademoiselle Jupiter ! s'exclame-t-elle.

Au moment où je m'apprête à lui répondre, je me rends compte que Will se tient juste à côté d'elle.

– C'était fabuleux, ma chère ! je lui réponds, toujours dans mon rôle de composition. Je vous remercie de m'avoir invitée.

Tandis que je m'apprête à quitter les lieux, Will vient se poster juste devant moi.

– Mademoiselle Jupiter !

Will, fin limier et as du reportage, est sur le point de découvrir mon secret. Je suis certaine qu'il m'a déjà démasquée et qu'il n'attend plus que le bon moment pour révéler la supercherie.

– Euh..., oui ?

– Je voulais juste vous dire que, grâce à vos prédictions, je sors avec la plus jolie fille de l'école.

Waouh ! Will romantique ?

Je sens l'émotion qui envahit Cindy. Elle regarde Will, comme hypnotisée.

– Mademoiselle Jupiter ! continue Will en m'attrapant la main et en la secouant. Je vous admire tellement !

Je rêve !

– Merci ! dis-je. Vous ne pouvez pas imaginer ce que cela signifie pour moi.

Avant qu'il n'en demande davantage, je libère ma main et m'éloigne. Il faut maintenant que je retourne au QG du webzine pour me changer. Vais-je réussir à retirer mon costume sans attirer l'attention de mes camarades ?

Peut-être qu'ils se sont rendu compte que Jessica et moi n'avons jamais été dans la même pièce au même moment !

17

Mes cheveux explosent lorsque je les libère de la prison dans laquelle ils étaient enfermés. Toute cette épreuve m'a épuisée et je suis obligée de m'asseoir pour retirer mon costume tant je me sens étourdie.

Une fois revenue à mon apparence habituelle, je m'empresse de fourrer le costume dans mon sac et le chapeau dans le plastique. Je peux maintenant me reposer quelques instants.

J'y suis arrivée ! J'ai joué le rôle de Jessica Jupiter devant des centaines d'élèves. Certes, je ne mérite pas un Oscar, mais l'essentiel c'est que ça ait marché !

Je vérifie que je n'ai laissé aucune trace de Jessica dans la pièce. Comme je m'apprête à ramasser mon sac, je remarque un paquet posé devant un PC.

Gemma Stone
Collège de Green Park

Je m'en empare. Le colis est souple. Je vérifie le cachet de la poste : *Londres.*

Qui m'envoie donc du courrier depuis Londres ?

Je savoure l'instant. Je déchire doucement le paquet, de l'or liquide s'en écoule. Je reconnais la couleur et la texture de la soie. C'est la robe que j'ai portée pendant le défilé.

Je déchire vigoureusement le reste du paquet et me saisis du vêtement que je viens placer devant moi. C'est encore plus beau que dans mes souvenirs.

Une note est accrochée à la robe.

Ma chère Gemma,

Pardonne-moi de t'avoir fait vivre une telle épreuve. Ce n'est qu'après le défilé qu'on m'a dit que tu n'étais pas Radical ! Ta chute fabuleuse et la manière dont tu t'es ressaisie ont tellement fait parler de ma collection que même une douzaine de top models n'auraient pu mieux faire.

Pour t'exprimer ma profonde gratitude, je t'offre cette robe. Porte-la avec joie, elle te va si bien ! Tu es magnifique.

Avec toute mon affection,

Reuben

Époustouflée, je ne peux pas quitter la robe des yeux. *Elle est à moi ?*

Je n'arrive pas à y croire. Je n'ai jamais rien eu d'aussi beau dans ma vie. Et à présent, j'ai la tenue idéale pour le bal du collège. Mais je sens tout à coup comme un poignard qui me pique le cœur.

Une belle robe, mais personne pour m'accompagner !

J'entends soudain quelqu'un frapper doucement à la porte, puis, sans attendre ma réponse, Sam entre dans le bureau.

– Cindy m'a dit que je te trouverai ici ! me dit-il en même temps que son regard se porte sur la robe. Elle est belle, commente-t-il. On dirait celle que tu portais au défilé.

– C'est bien celle-là !

Je sens une bouffée de chaleur me monter aux joues. J'aurais tellement de choses à lui dire. Pourquoi est-il si gentil avec moi tout à coup ?

– Est-ce que tu crois vraiment ce que tu as écrit dans ton article ? me demande-t-il.

– Ce que j'ai écrit ? je répète en le regardant d'un air stupide. *Que tu es un idiot ? Que tu as les yeux bleus ? Que je me sens défaillir quand je te regarde ? Que je ne désire rien de plus que tes bras et une danse avec toi, comme si j'étais ta Cendrillon ?*

– Sur le fait d'être célibataire ! murmure-t-il.

Je détourne mon regard. Pourquoi me pose-t-il cette question ? Pourquoi ai-je écrit un papier aussi idiot ? *Mon Dieu, Gemma, pourquoi ne pas arracher ton cœur de ta poitrine pour le servir sur un plateau d'argent ? Ce serait certainement bien moins douloureux.*

– C'est ce que je ressentais sur le moment. Tu m'as dit que mes cheveux étaient bouclés. Ce n'est pas que je me préoccupe d'avoir les cheveux bouclés. Et puis je me fiche que les gens le remarquent. Ils sont bouclés, ça se voit. Ils ne sont pas blonds et raides comme tu les aimes. Enfin pas ceux de tout le monde, juste ceux de Cindy. Et c'est pour ça que j'en ai déduit que…

Je me rends bien compte que tout ce que je suis en train de raconter n'a ni queue ni tête. Pire encore, je sais que je suis ridicule et complètement incohérente, mais je n'arrive pas à m'arrêter.

– Je suis désolée, Sam. Je me suis trompée sur toute la ligne. Je pensais que Cindy et toi…

Ça ne m'aide pas vraiment de voir Sam s'approcher doucement de moi, tandis que je parle de plus en plus vite et continue de dire absolument n'importe quoi.

– Alors quand tu m'as dit que tu aimais bien mes cheveux, même si c'est la chose la plus agréable que j'aie jamais entendue, je n'ai pas pu te croire et du coup…

Sam m'interrompt. Dans un geste d'une infinie douceur, il s'approche de moi et m'embrasse sur la bouche.

Je meurs !

Enfin, c'est une façon de parler parce que, dans ce genre de situation, ce ne serait pas cool de mourir ! Mais la planète s'arrête net de tourner. J'entends des gens courir dans les couloirs, des professeurs parler, tout un tas de monde qui cherche à combler le temps en attendant le bal. Mais mon monde à moi s'est arrêté. Il n'y a plus que Sam et moi ! Collés l'un à l'autre, dans un bureau grand comme un placard à balais du deuxième étage du collège Green Park.

Puis il s'éloigne. Il me regarde de ses grands yeux bleus et commence à me parler.

– Veux-tu m'accompagner au bal, ce soir ?

Je le fixe intensément, la bouche ouverte comme un poisson qu'on aurait sorti de l'eau. Il prend la robe de mes mains et la pose sur un ordinateur.

– Je parie qu'elle est encore plus belle en vrai que sur les photos.

Je retrouve enfin ma voix.

– Cette fois je ne tomberai pas !

– Ne t'inquiète pas, si ça arrive, je serai là pour te rattraper.

Je réalise soudain qu'il a passé son bras autour de ma taille. Je sens ses mains, chaudes et fortes sur mon dos.

– Gemma, murmure-t-il. Il n'existe pas une fille plus difficile que toi.

– Vraiment ? je lui réponds d'un air innocent.

– Chaque fois que j'ai tenté de me rapprocher de toi, tu m'as descendu d'un regard.

– Pas cette fois, je murmure.

– C'est vrai. Alors je vais en profiter et te demander dès maintenant de sortir avec moi aux dix prochaines fêtes.

– Ça marche ! je réplique en souriant.

– Attends une seconde ! me dit-il avec hésitation.

– Quoi ?

– Ce serait un peu curieux de sortir avec deux filles en même temps !

Je sens mon cœur s'alourdir tout à coup.

– Mais je croyais qu'il n'y avait rien entre Cindy et toi !

– Pas Cindy ! Tu es folle !

Il presse alors doucement son doigt sur mon nez.

– Je te parle de Jessica.

– De… Jessica ?

– Oui, mademoiselle Jupiter. *Jessica.*

Je sens alors qu'il décolle le faux nez que j'avais oublié de retirer ! Un sentiment de honte m'envahit soudain. En réaction, je cache mon visage entre mes mains. J'ai embrassé Sam pour la première fois, en portant un faux nez.

– Je ne suis qu'une idiote !

– Absolument pas.

Il s'approche alors de moi et m'embrasse de nouveau. Puis, après quelques instants, il s'arrête, fait un pas en arrière et me regarde fixement.

– Je crois que je préférais avec le faux nez ! s'exclame-t-il en riant.

– Hey ! je m'écrie en faisant mine d'être vexée.

Mais il m'en empêche et me serre contre lui. Il sourit.

– Je n'arrive pas à croire que tu t'es présentée devant toute l'école en te faisant passer pour Jessica Jupiter. Personnellement, je n'aurais jamais réussi un coup pareil.

– Tu sais, j'ai joué ce rôle toute l'année.

– Tu veux dire que les horoscopes, c'était toi aussi ?

– Oui !

Son visage marque l'étonnement autant que l'admiration.

– Tu as tellement de talents !

– Et encore, tu ne les connais pas tous ! je réponds en me dégageant de son étreinte pour commencer à me diriger vers la porte.

– N'oublie pas ton nez ! me lance-t-il tandis qu'il désigne la prothèse en plastique que j'ai laissée sur le bureau.

J'ouvre la porte et l'attends.

– Si tu es Jessica, ajoute-t-il alors qu'il passe devant moi, est-ce que tu peux écrire mon horoscope pour que mon groupe signe un contrat avec une maison de disques ?

– Je vais voir ce que je peux faire ! dis-je en me retournant vers la pièce qui nous sert de quartier général.

Je me souviens alors de ma première réunion dans ces lieux. J'étais tellement nerveuse. J'étais la seule quatrième, tous les autres étaient en troisième. Un instant, j'ai même pensé que je m'étais trompée d'endroit. Et maintenant, ce bureau, c'est un peu comme un autre chez-moi, chargé de souvenirs. Je peux voir Will et Cindy se chamailler. Je vois Barbara installée tranquillement dans son coin, sensible et patiente. Je vois Jeff trépigner dans son fauteuil, impatient de retrouver son terrain de foot, tandis que Phil et David semblent intensément concentrés sur ce qui se dit dans la réunion. Combien de fois ai-je évité le regard de Sam, inquiète qu'il me voie rougir ? Et maintenant, c'est lui qui va m'emmener au bal du collège !

Finalement, incarner Jessica a été une expérience bien plus amusante que ce que je m'imaginais. J'ai pu aider mes amis à trouver l'amour et j'ai vécu quelques véritables expériences journalistiques. Et puis, finalement, j'ai réussi à sortir avec le garçon de mes rêves.

En souriant, je referme la porte du bureau et je rejoins Sam dans le couloir.

Il passe son bras autour de ma taille.

– Prête ?

– Oui, maintenant…, je suis prête !

Composé par Nord Compo Multimédia
7, rue de Fives, 59650 Villeneuve-d'Ascq

Achevé d'imprimer en août 2014
par CPI Firmin Didot au Mesnil-sur-l'Estrée
Dépôt légal : août 2014. N° 117031-1 (122512)

Imprimé en France